回到過去變成貓

BACK TO THE PAST TO BECOME A CAT NO.4

陳詞懶調 × PieroRabu

東區四賤客

黑碳（blackC）

主角貓。本名「鄭歎」，原為人類的他不知為何變成一隻黑貓，穿越到過去年代。為求生存，他開始訓練自己的貓體，展開以貓的角度看世界的貓生歷險。

警長

白襪子黑貓。個性好鬥，打起架來不要命，總跟吉娃娃過不去。技能是學狗叫。

阿黃

黃狸貓。外形嚴肅威風，其實內在膽子小，還是個路痴。技能是耍白目，被鄭歎稱為「黃二貨」。

大胖

黑灰色狸花貓。很聰明，平時不動則已，動則戰鬥力爆表。技能是被罰蹲泡麵。

焦家四口

焦明生（焦爸）

收養黑碳的主人，楚華大學生命科學系副教授，住在東教職員社區B棟五樓。他很保護黑碳，也放心讓黑碳接送孩子上下學，他與黑碳之間似乎有種莫名的默契。

顧蓉涵（焦媽）

國中英語老師，從垃圾堆中撿回黑碳。鄭歎很喜歡吃她做的料理。

焦遠

焦家的獨生子，楚大附小六年級，有點小調皮，時常被焦媽扣零用錢。很照顧妹妹的好哥哥。

顧優紫（小柚子）

因父母離異而寄住焦家，是焦遠的表妹，楚大附小二年級。她平時不太說話，但私下裡會對黑碳說說心裡話。

黑碳友人

將軍

珍稀物種的藍紫金剛鸚鵡，屬於鸚鵡中的高富帥。牠超級愛唱老歌，喜歡咬貓耳朵，最厲害的技能是懂摩斯密碼！

爵爺

大貓，帶虎紋和斑點紋，毛稍長而厚，毛色是暗金色。牠個性凶殘，由於是實驗室出品，攻擊力爆表；牠相當聰明，懂得選擇主人與棲身環境，對自己人很好。

饅頭

老劉養的獅頭紅獒，還只是一隻幼犬，活力十足，膽子大，卻又傻憨憨的模樣。不知為何總繞著黑碳轉。

人類朋友

方邵康（方三爺）

韶光集團董事長，韶光飯店老闆。他遊走鄉間時遇上正流浪中的黑碳，不只幫助黑碳回家，還拉著黑碳一同在街頭賣藝，一人一貓可謂有著患難與共的感情。

趙樂

長未集團趙董事長的千金，楚華大學的學生。因意外事故曾被黑碳救助，自此對黑碳與焦家心存感激，不時會帶零食送給黑碳。

衛稜

退伍軍人，個性剛硬，卻又會表現出狡黠的一面。心情好的時候像個話癆，經常帶黑碳出去嗨，喜歡吃花生、喝二鍋頭。

焦威

焦爸老鄉的兒子，考上楚華大學，父母因此在大學附近開小餐館，卻被流氓徵收保護費，受黑碳幫忙才解困。

Contents

Back to
the past
to become a cat

第一章

兩貓兩狗不能惹

回到東教職員社區的頭一個星期，鄭歎都沒出過門。

國慶假期結束，焦威他們的課程也開始了。中午焦威接了小柚子去小餐館吃午飯之後，就帶一份回來給鄭歎。

假期之後，焦威見到鄭歎的時候，不知道該說什麼。如果是一隻普通的貓，他或許還會笑笑，但面對這隻黑貓，他笑不出來，也不敢亂笑。

以前他不相信一隻貓能有多大的能耐，但現在，焦威動搖了。十月份，確實沒有人再來他家的小餐館要「衛生費」之類的，也沒有找碴的人過來。他爸說可能是時間還沒到，但焦威覺得不是那個原因，尤其是在去過夜樓之後。

焦威打開門，將飯盒放在椅子上，趴在沙發上的黑貓懶洋洋地打了個哈欠，伸個懶腰，然後開始吃他的午飯。

貓鬍子經過這一週的時間長出來一點，比剛剪的時候要好些，但鄭歎還是嫌它長得太慢，依照這個速度，估計還得一週多的時間才能讓人勉強看不出來，若要真正和原來一模一樣，花的時間要更久。

不過，經過這一次剪鬍子事件，鄭歎感覺長出來的鬍子靈敏度比以前好了不少，不知道是不是這段時間自己刻意訓練的結果。

回來楚華之後，鄭歎獨自在家裡無聊的時候會翻一翻焦爸訂閱的那些雜誌，有一次他偶然在一本不算很正規的雜誌上看到一篇文章，大致意思是這樣的——

有科學家做過這樣一個的實驗，他們將貓的眼睛蒙起來養一段時間之後，與正常的沒有蒙住眼睛的貓相比，前者的長鬍鬚生長得更多，並且鬍鬚的平均長度也比正常貓長了五公釐。

所以有人戲稱，要讓被剪了鬍子的貓快些恢復，可以把牠的眼睛蒙上。

鄭歎不想蒙眼睛，但在仔細思考過後，覺得可以試一試。於是有時候在家，鄭歎會閉著眼睛，透過鬍鬚的觸覺來判斷周圍正在發生的事情以及接觸到的一些物品。

文章內容還說，貓在黑暗中，鬍鬚具有十分敏感、迅速的觸覺作用，貓可以用鬍鬚識別看不見的東西。

鄭歎試過，不知道是他自己太遲鈍，還是鬍子沒長好的緣故，效果並不如文章上面所說的那麼有用。

不過，這些都沒有讓鄭歎放棄嘗試的想法。

作為一隻只有半截鬍子的貓，一隻只能躲在家裡自娛自樂的貓，這是他在悶得發慌之後好不容易尋找到的樂趣。

反正白天大部分時間家裡都沒人，鄭歎可以放心大膽的去嘗試，就算出醜也沒人看見。

比如下午，午休過後，焦威送小柚子去學校，他自己也去上課，或者去圖書館自習，鄭歎便從沙發上跳下來，然後閉著眼睛，開始最大程度地調動感官去感觸周圍的事物和由一些輕微的動靜而引發的感覺。

風從陽臺吹進來，鄭歎能夠從周圍的氣流判斷前方大致的阻礙物。

除了鬍子之外，鄭歎還感覺到前爪上也有一些比較特殊的地方，地面上的一些震動能夠透過前爪那裡的觸毛感覺到。以前鄭歎沒有留心，現在看來，貓能夠那麼警覺，一點動靜就能夠讓牠們迅速做出反應，並不只是經驗，更多的還是牠們本身進化出來的一些「功能」。

鄭歎現在就希望能夠將這些發掘出來的「功能」加大利用度，以後出門的話，也能派上用場。

自打鬍子剪了之後，鄭歎在小郭那邊的廣告也停了下來，小郭隔幾天就打電話過來詢問情況，比鄭歎還急。

但拍廣告不可能讓一隻鬍子殘缺的貓上鏡吧？那還不得讓人笑掉大牙！甚至一些居心叵測的人可能將鬍子的事情聯想到貓糧上，世上總不乏抓住機會就往你身上扣屎盆子的人。所以，就算急，小郭也得忍著。

為此，小郭還找了很多人尋求讓貓快點長出鬍子的「祕方」。鄭歎沒理他，現在剛琢磨出鬍子遊戲，不想嘗試其他的不確定的法子，要是有個萬一，反而讓鬍子整根掉了那還玩什麼？撞牆都沒用。

每天早晨起床，鄭歎第一件事就是摸兩下鬍子，然後對著鏡子照一照，而小柚子每天也會幫鄭歎量一量長度，每根鬍子都有記錄，小柚子專門用一本本子記錄著，看著上面數值的增長，大家都很欣慰。知道貓鬍子會長是一回事，真正見到並確定它在長是另一回事。確定之後也不用多擔心了。

玩了下鬍子遊戲，鄭歎來到陽臺，靠著那盆蘭草，瞇著眼睛曬太陽。

「匡！匡！匡！」

爪子踩踏鐵網的聲音響起。

鄭歎動了動耳朵，沒理會。

國慶假期很多人都出遊，但將軍牠家不是。連假出遊的人很多，牠的飼主卻不同，反而帶著將軍回學校來。不過算起來，將軍一年到頭大部分的時間都在外面遊玩，在各個自然保護區閒逛，反正他們遊玩不要錢。

見鄭歎不理會牠，將軍暫時停了一會兒。

但是鄭歎沒瞇多久，就聽到斜下方四樓陽臺上傳來那消失許久的賤賤的聲音。

「花兒為什麼這樣紅～為什麼這樣紅～哎～紅得好像～紅得好像燃燒的火～～」

——紅你個頭啊！

鄭歎扯了扯耳朵，轉身準備往客廳走，走之前往樓下瞧了一眼，原本只是無意看看，卻發現一輛熟悉的轎車開進來。

——馬的，方三爺這個日理萬機的傢伙怎麼又來了？

方邵康打過電話給焦副教授，今天他剛開車從京城來楚華市，原本只是帶了點海產過來給焦家的人，如果家裡沒人就直接帶到焦副教授辦公室那邊；不過，知道貓在家，他直接過來東教職員社區這邊看看。只是在電話裡，焦副教授的語氣有那麼點怪異，這讓方三爺更感興趣了，這一個假期不見，那隻貓又搞出什麼破事了？

停好車，方邵康抬頭往五樓看了看，他眼力好得很，正好瞧到那黑色的耳朵尖。

「黑碳，下來開門！」方邵康在下面喊。

鄭歎磨蹭了一下，還是開門下樓去刷電子感應卡。

「哎，我說你窩在家幹嘛呢？平時這時候不都在外面到處晃的嗎……」方邵康話還沒說完，見到眼前的黑貓短了一半的鬍子，靜默了一會兒，然後蹲下來開始笑。

——笑屁啊！

鄭歎沒理他，刷了卡之後就直接往樓上走。

「等會兒，讓我喘口氣！」方邵康站起身，拎著一個袋子往上走，「還帶了一些海產作為零食給你呢。」

喘著氣來到五樓，將袋子放下，方邵康站在鄭歎眼前，好好看了下鄭歎的半截鬍子，然後掏出手機，準備拍照。

這年頭也就方三爺這類人用的手機高級一些，拍照的效果不錯。但鄭歎就苦惱了，心想：不就是短了半截的鬍子嗎？有什麼好稀奇的？！

「別動別動，我拍張照給我女兒看看……哎，別動啊！轉過來瞧瞧……」

鄭歎直接將方邵康的手機打飛。

方邵康撿回手機，試著撥了兩通電話，還能用，便放進口袋裡。他到飲水機那裡拿出個紙杯接了點水喝，然後坐到沙發上休息了一會兒，對鄭歎道：「下個月你這鬍子應該長出來了吧？」

也不等鄭歎回答，方邵康繼續道：「應該能長出來，我小時候見過一隻大花貓鬍子都燒捲了，三個星期就長好，你這應該也差不多。」

鄭歎：「……」老子的鬍子燒捲得更厲害！

「這樣，下個月啥時候有時間帶你出去玩玩？那地方帶寵物的人不少，到時候我過來找你，你還能幫我應酬一下，剛好有幾個喜歡貓的客戶，到時候有你在場，談生意也能順利點。嗯，待會兒跟你貓爹說一聲，先定個時間。」

方邵康這種自問自答的模式持續了兩分鐘，然後接了通電話，就匆匆離開了，估計楚華市這邊的事情還沒處理完，不然也不會到處跑。

就算是這種身分的鉅賈，也有煩惱的一面，應酬是必不可少的環節，甭管你是科室小職員，還是身懷鉅資的大老闆，光環背後各有各的煩惱。

在方邵康離開之後，鄭歎看看牆上的掛曆，一個月的時間，這鬍子應該能長好。

◆◇◆◇◆◇◆◇◆

晚上衛稜過來了一趟。

國慶假期剛結束，焦家人回來的第二天，衛稜就過來了一趟，但見到鄭歎半截鬍子又不想出門的樣子，就沒帶他出去玩。今天衛稜其實也沒抱多大希望能讓鄭歎一起過去夜樓那邊，但沒想到鄭歎今天還真想出去一趟。

心情不好的時候得發洩，鄭歎心裡正鬱悶呢，衛稜來得正好。

車上，衛稜看著後座上的那隻貓，鬍子是長出來一點了，但很明顯只有半截，聽說最近心情不好？

突然打了個激靈，衛稜有種不太好的預感。

晚上，葉昊和龍奇還有豹子三人來到夜樓放鬆一下。葉昊手上的產業並不只有夜樓這一個，平時也在外面忙著，空閒的時候才來夜樓聽聽東宮的演奏，好好放鬆一下心情。

來之前，葉昊就接到手下的彙報，知道衛稜也過來了，但並不知道衛稜是帶著貓過來的，因為鄭歎一直窩在背包裡面，沒讓人看見，他覺得讓人見到自己斷了半截的鬍子很沒面子。

葉昊三人來到三樓衛稜專用的包廂門口時，見到衛稜正蹲在那裡抽菸。

「怎麼了？蹲這裡幹嘛？」

葉昊說著，順手打開了包廂的門。然後，許久不曾聽到的那道刺耳的「魔音」，再次響徹整個三樓走廊。

葉昊碰的一聲立刻將門關上，看向衛稜。

「牠怎麼又過來了？」

衛稜起身，舒展一下身體，答道：「那傢伙心情不好，過來發洩了。不過這次沒喝酒，吼一、兩個小時就差不多了。」

一、兩個小時……

「你在這裡蹲多久了？」葉昊問。

衛稜掏出手機看了看，「五十多分鐘，快一個小時。」

葉昊搖搖頭，正準備說換個地方，總不能讓衛稜一直在這裡等著，但他還沒開口，門就開了。

這次沒有「魔音」。是鄭歎自己開的門，開門之後他也不多看外面的人幾眼，逕自回頭跑到沙發上躺下休息。他唱累了，情緒也發洩得差不多，喝了杯水，尿了個尿，心情好多了。

葉昊看著打開的門，眼神示意衛稜怎麼決定。

衛稜撇撇嘴，咬著菸走進包廂。

葉昊跟著走進去，而他身後的豹子和龍奇有些猶豫，特別是龍奇，那臉色像便祕好久似的。被豹子撞了一下後，龍奇才摸摸脖子上戴著的辟邪吊墜，深呼吸，走了進去。

鄭歎本來不想理會這些人到底在談啥，但耳朵捕捉到幾個關鍵字眼，還是引起了他的興趣。

葉昊準備將楚華大學周圍的那個廢棄工程攬過來，開發那一片區域。其實，他看中那一塊地好久了，但一直沒決定下手。以前為了那個工程曾經掀起過一陣巨浪，那時候葉昊秉著明哲保身的態度，沒摻和進去，後來上面人事調動，接連倒下去一批人，幾年前在楚華市還呼風喚雨的人銷聲匿跡，一直到今年夏天那時候被人暗算，葉昊又重新注意起那塊地。

不過，就算是現在，也不太好下手，這便是他一直想找找門路的原因。

「現在怎麼樣？」衛稜問。

「聯絡上方三爺了，預約了一個時間，到時候談談。」葉昊揉著額頭說道，「並不一定要方三爺幫什麼忙，只是想知道方三爺現在是個什麼態度。如果他不插手，應該沒問題。」

「方三爺看中那裡了？」衛稜好奇問道。

鄭歎也支著耳朵聽。

葉昊搖搖頭，「只是聽聞。不過，方三爺是什麼想法，誰都不知道。不管怎麼說，提前打聲招呼總是好的。現在韶光集團已經公開的發展計畫和動向就能看出他們來勢洶洶，有一些看著還挺冒險的，但我相信方三爺不是那樣一個沒把握就做事的人。」

後面葉昊他們說了些什麼，鄭歎不太清楚，他也不瞭解這裡面的一些事情，只知道葉昊準備著手楚華大學側門不遠處的那片地方了，就是不知道什麼時候能拿下來，真正動工也不知道要到何年何月。

跟葉昊聊了一會兒之後，衛稜就告辭離開了。

等鄭歎和衛稜離開之後，葉昊在包廂裡坐了一會兒，突然問豹子和龍奇：「你們說，我要不要專門替那隻貓開一間包廂用來發洩？」

剛因為貓離開而放鬆些許的龍奇臉上一僵。專門開一間包廂？放眼全國，哪有專門為一隻貓開一間貴賓包廂的？還只是為了讓那隻貓唱歌發洩？！還有，專門開一間包廂的話，是不是意味著以後那隻貓會經常來？或許還會帶一些小夥伴？

豹子和龍奇都沒出聲，葉昊在接連抽了兩根菸之後，起身離開，看上去已經有想法了。不過，豹子和龍奇都不知道葉昊到底做了什麼決定。

另一邊，鄭歎在回去的路上突然想起來，似乎葉昊他們並沒有注意到自己鬍子的問題……難道是因為自己的毛色和當時光線的原因他們才沒注意到？

直到回焦家之後，鄭歎才想到一個解釋。

並不是每個人都能第一眼看出來你的不對勁，如果不夠重視、如果不夠關心，心思並沒有放在你身上，怎麼可能注意到那些細節？

有些人養寵物，寵物的狀態稍微差一點都能覺察到，精神是否活躍、走路是否正常、鼻尖是否濕潤、生活習慣有沒有什麼改變等等的一些情況都會注意到。但另一些人，就算寵物病得只剩一口氣，也未必能夠察覺。

寵物如此，人也是這樣。

舉個例子，平時焦爸或者兩個孩子誰咳了一聲，焦媽也能從這聲咳嗽中聽出不少問題來，生怕感冒或者咽炎之類的，然後儘快採取應對之法來避免情況往更糟糕的方向發展。但是，生活在周圍的人，有多少能夠有這樣的心思？

就鄭歎自己而言，焦家的人似乎都能第一時間注意到他的異常。

想到這些，鄭歎有種挺奇妙的感覺，具體說不上來是什麼。以前還是人的時候，他從沒感受過這些，或許，那時候他也不曾注意。

心裡的鬱悶經過發洩，再加上想明白一些問題，鄭歎對鬍子的事情也不那麼在意了。現在鬍子已經長好很多，一切都在慢慢變好。

◆◇◆◇◆◇◆◇◆

既然心情不錯，鄭歎又開始待不住了，外面的天氣不錯，有時候鄭歎看到阿黃他們在草地上打滾曬太陽，說不羨慕是不可能的，在陽臺上曬太陽和趴外面曬太陽的感受有很大的不同。

這天，鄭歎終於決定出去溜達。

長了兩週的鬍子，已經比剛剪的時候長很多了，雖然看著比以前完好的時候還是短上一些，但順眼不少；再說，走到外面，別人也未必會注意到他的鬍子；況且，那些無關緊要的人是怎麼想、怎麼看待的，鄭歎也不想去在意。

刷了電子感應卡，出樓，鄭歎呼吸著下午暖暖的空氣，感受著太陽的溫度，心情舒暢。

來到教職員社區草地的時候，見到阿黃又躺在那裡曬太陽，警長在灌木叢那邊逮蟲子玩。大胖蹲在一邊，瞇著眼睛，耳朵時不時動兩下。這傢伙也只有等牠家老太太出門，才會來外面玩，如果老太太在家，這傢伙就會蹲在陽臺那裡，哪邊都不去。

見到鄭歎過來，躺草地上的阿黃打了個滾，在草地上蹭蹭背，然後伸爪子撓兩下鄭歎的尾巴。

甩甩尾巴，脫離阿黃的爪子，鄭歎躺在草地上打了個哈欠，然後撥兩下爪子邊上的草玩。

鄭歎正撥著草，從社區大門那邊走進來一個人，那人估計準備走捷徑，穿過草坪去居住的樓房。不過，他走過草坪的時候，發現了這邊的貓。

鄭歎看那人也覺得挺眼熟的，想了半天才想起來，這傢伙就是住在靠裡面那棟樓的一樓，一大清早不拉窗簾在房裡和女朋友嘿咻的人。

後來鄭歎還過去看了幾次，可惜窗簾都拉得嚴嚴實實，只有屋裡沒人的時候才拉開。

原本鄭歎以為那人會撿石頭朝自己這邊扔，都做好躲避的準備，沒想到那人站在那裡，臉色變換了幾下，然後就跟沒看見似的，繼續走。不過，他的路線偏離了一些，步子也快了很多，避開鄭歎他們幾隻。

鄭歎不知道的是，那人確實有撿石頭扔貓的想法，但是忍住了。他後來問過社區的幾個人，人家告訴他，東教職員社區有兩貓兩狗不能惹。

兩狗是指牛頭梗壯壯和三種血脈的撒哈拉，前者戰鬥力凶殘，這個社區居民人盡皆知，抓小偷功不可沒，一戰成名，且凶名在外，去散步的時候還跟西教職員社區那邊的一些狗打過架，是個凶起來不要命的傢伙。

而撒哈拉則是個有點小聰明、愛惹禍還記仇的，如果你得罪牠，牠會在你家門口拉屎，趁你不注意從後面推你一把，或者扯你的鞋帶，往你曬在外面的被褥上撒尿之類，總之能讓人煩死，偏偏人家後臺還硬，打狗也得看主人吶！

至於兩貓，都住在B棟，一隻是胖梨花，一隻是黑貓。不像兩狗的介紹那麼詳細，很簡單的資訊，卻給人無限遐想。但正因為這樣，才讓人更忌憚。

雖然這兩貓兩狗的說法帶著點開玩笑的成分，但其中也有真實的地方。所以，那人每次進大社區大門的時候，看到這兩貓兩狗就避開。

走出草坪的時候，那人轉頭看了下草坪那邊曬太陽的貓，見那隻黑貓還看著自己，那眼神讓人發慌，總感覺多看幾眼會起雞皮疙瘩似的。

搖搖頭，那人加快步子離開了。

鄭歎不知道那人怎麼想的，他只好奇那人為什麼看自己像看洪水猛獸似的。不過，他也只是好奇一下而已，轉頭就拋腦後了。

四點多的時候，焦遠他們幾個騎著自行車回來，今天因為全校大掃除，沒有輪到他們當值日生，隨便打掃一下就回來了。

進了社區大門後，孩子們就各往各的家騎去，分開的時候鄭歎聽到他們說明天跑步的事情。很奇怪，焦遠這小屁孩怎麼會決定晨跑？

晚上吃晚飯的時候，焦遠說起來，鄭歎才知道秋季運動會要開始了。不同於小學的運動會，國中生之間的競爭更激烈，發育期的孩子們各種小心思都開始冒了出來。

剛上國中，很多男孩子還沒開始長，而女孩的發育普遍比較早，所以很多男孩子看上去還是小小的。像焦遠他們幾個，和石蕊小丫頭差不多高，有時候感覺還比不上人家小丫頭；不過熊雄是個例外，這傢伙長得壯，在班上算是高的，也比較活躍，一進班裡就當上了體育股長。

對於他們幾個，老師們都比較照顧，不光是看在已經出面的熊雄他媽的面子上，在這所國中就讀的，有一些是楚華大學教師的孩子，所以對於這些學生，學校裡的老師們都會多照顧一下。這些老師裡可能也有孩子正在讀大學，也會需要楚華大學的老師們多照應，大家心知肚明。

不過，正因為這樣，班裡就形成了一個個小團體，像焦遠他們幾個就是一個小團體。

這個小團體裡面有體育股長，再加上運動會很多項目沒人報名，開學沒多久同一個班的也不太熟，熊雄就拉上焦遠他們幾個，剩下沒人報名的項目，讓他們一人選一個。

鄭歎看了看焦遠掏出來的那張紙，兩個八百公尺，一個一千五百公尺。

對剛上國中的學生而言，八百公尺就夠嗆的了，更不用說一千五百公尺，那得累趴。

鄭歎看焦遠的眼神都帶著憐憫。

不過，現在焦遠他們幾個要講兄弟義氣，為了不讓熊雄這個體育股長尷尬，準備趁明後天週末的時間訓練看看，誰耐力好就接最硬的項目。

現在八百公尺和一千五百公尺的參賽者還沒定下來，焦遠對自己能跑哪個項目心裡也沒數，他跟其他幾人約好了，明天早起去楚華大學最靠近教職員社區的那個運動場跑步。

對於這個，焦爸持支持態度，不過還是讓他量力而行，現在離他們開運動會只有一個星期，七天時間能做的比較有限。

焦媽最近也改善伙食，準備給焦遠多補補。

第二天一大早，焦遠從床上爬起來，吃完早飯後就跑出去和社區的其他幾人會合了。

小柚子待在家裡也無聊，作業不多，昨晚已經做了一半，剩下的今天晚上就能搞定，所以在看了一會兒電視之後，就跟焦媽說了聲，和鄭歎一起出門，去運動場那邊找焦遠幾人。

拿著車鑰匙，小柚子將那輛兒童車推出來，後面兩個平衡輪已經卸掉了，車座那裡焦爸也依據小柚子的身高調整過。

鄭歎跳上車籃，小柚子騎著車往運動場那邊過去。

週六這個時候在外面走動的人還挺多，有一些準備出去逛街的都起了個早，而且現在的天氣不算涼，賴床的人也不多。

路過的一些人見到小柚子和鄭歎這對組合，還會好奇地看上兩眼，遇上熟人也會打招呼。早上很多人牽著寵物散步，牛壯壯就是其中之一，隔老遠鄭歎就能看到那個看上去有些畸形的體態和那個黑眼圈圖案。

鄭歎每次看到嚴老頭帶牛壯壯出來散步，都感覺是牛壯壯牽著嚴老頭似的。牛壯壯在前面領路，狗繩繃緊，隔一段距離就找個地方抬起後腿撒尿。

運動場那邊也有人做晨練，跑步的人很多。

將車停在自行車車棚，小柚子和鄭歎來到運動場邊。焦遠他們還滿好找的，幾個孩子窩在一起，不知道在爭論什麼。

石蕊小丫頭坐在單槓上，晃動著兩條腿，挨個數落他們。焦遠、蘇安、蘭天竹和熊雄四人，兩個坐在地上，一個撐著膝蓋，一個靠著旁邊的運動器材，都在喘氣。

「就你們這樣的，八百公尺都不行，還是別報一千五了。」

鄭歎走過去的時候，正好聽到石蕊說的這句話，再看看焦遠他們幾個，估計出師不利。

見到小柚子和鄭歎過來，焦遠詫異了一下，覺得很沒面子，似乎有失做兄長的體面。

比焦遠感覺更沒面子的是熊雄，好歹他也是個體育股長啊！被批成這樣，臉上無光。他看著坐在單槓上的石蕊道：「哎，石蕊，妳說得容易，不然妳跑跑？」

「我又不用跑這個，我只跑兩百公尺和接力，再說我們女生中還有一個大殺器在，什麼都不用擔心，就等著破紀錄加分呢！你們呢？總不會到時候女生排第一，男生吊車尾，拉低團體成績吧？」石蕊慢悠悠的說道。

在他們班有個有名的體育健將，還是個女生，雖說小學不在這邊讀的，焦遠他們不熟悉，但也聽說她在那間小學很出名，經常破紀錄，還參加過市裡比賽。

陰盛陽衰。鄭歎想到了這個詞。不過焦遠他們也夠慘的，被女生鄙視，這讓他們情何以堪？

「我就不信一個星期下來練不出成績！」熊雄揮舞著拳頭作奮鬥狀。

頓了一會兒，熊雄又道：「說不定還能順便練出一副好身材！」

眾人：「……」

「咳，熊雄，不是我打擊你，有些東西是天生的。」蘭天竹說道。

似乎，從小熊雄這傢伙就挺壯的，那身膘一直沒怎麼減過。當然，他也不至於像那些渾身脂肪球狀身材的人。他比一般同學力氣大，這次報名鉛球項目。

焦遠喘了兩口氣，拍拍褲子上的灰，說道：「理論上講，看的是紅肌和白肌。」

其他幾人看向焦遠，等他解釋。

焦遠有些得意，這是他偶然間翻他老爸訂閱的雜誌看到的。他清了清嗓子，繼續解釋：「人的肌肉有紅肌和白肌之分，紅肌的作用是耐力，白肌的作用則是絕對力量和爆發力。以字面的意思，一個與耐力相關，比如長跑運動；另一個與爆發力相關，比如短跑運動。但是，人的肌肉類型是天生的，也就是說，有多少白肌和多少紅肌是天生的，所以有的人天生耐力就很好，而有的人天生爆發力就很強。因此，我們鍛鍊，只能讓這些肌肉更發達，卻不能改變它們的類型。」

「很多人做有氧運動來減肥，因為有氧運動用的肌肉是紅肌，而紅肌的特點，是不容易發達，而且能持續消耗很多的能量，所以你們看電視上那些長跑運動員就知道了，幾乎沒有一個長跑運動員是膘肥體壯的。」說完，焦遠還看了熊雄這個膘肥體壯的人一眼。

熊雄捋袖子做出揍人的動作。

焦遠也不怕他，繼續道：「至於熊雄說的好身材，那應該是長肌肉的那種了。所謂的長肌肉就是讓肌肉肥大起來。而肌肉肥大主要鍛鍊的就是白肌。白肌的成長，需要大強度，甚至更快的速度。所以很多人買啞鈴或者其他器材來鍛鍊，而不是慢悠悠地打太極做瑜伽。」

蘇安正經地點了點頭，然後指著熊雄道：「所以這傢伙要想變成那種好身材的話，可以先跑長跑把這身肉甩了，然後再做長肌肉的運動。」

「應該吧。」焦遠拿起水杯喝水，說了這麼多話，再加上之前跑步，嗓子有點疼。

「熊雄，一千五百公尺交給你了，威猛的八塊腹肌在前方等著你！」蘭天竹拍了拍熊雄的肩膀，認真的說道。

熊雄「切」了一聲，「『前方』太遠，我看不到。」

跑了兩圈就將他們幾個快折騰得趴下，再說，這還沒跑完八百公尺呢，八百公尺那得兩圈再加一點。

「咳，嚴格來說，不是誰都能有八塊腹肌的。」焦遠繼續炫耀。

其餘幾人再次看過去。

焦遠的成就感油然而生，果然多看點老爸的雜誌優勢大啊！

「有個叫做腱劃的東西，就是它讓腹部的腹肌看起來一塊一塊的，四個腱劃分成八塊腹肌，三個腱劃就分成六塊腹肌。但比較遺憾的是，這個叫做腱劃的東西，是天生的，不會在你的鍛鍊中變多或者變少，所以有的人是六塊腹肌，而有些人卻能練出八塊腹肌，這和遺傳有關。」

熊雄愣了愣，然後將衣服提起，露出覆著肥膘的肚子，還做了個深呼吸，想看看自己到底有沒有練出那些塊狀分明的腹肌……

可惜，只有肥膘。

八塊腹肌的威猛身材，變得如此遙不可及。

「哎呀，熊雄你變態！」石蕊遮住眼睛，大叫道。

鄭歎：「……」

甭管能不能練出八塊腹肌，這步還是要跑的。

鄭歎和小柚子坐在旁邊的臺階上，看著他們跑兩圈，停下來休息一會兒，再開始跑，而且還都是慢跑，估計跑不動了，平時不怎麼跑步的人，猛一跑步會比較累。或許當時感受不出來，第二天肯定會累趴。

上午跑了半天之後，下午焦遠他們準備好好休息，明天照常。

晚飯的時候，焦爸問焦遠今天跑步的感受，焦遠答了一句：「遙不可及的八塊腹肌。」

聽到焦遠說明天照常訓練，焦爸和焦媽相視一笑，也不多說。

果然，第二天一大早，鬧鐘響了之後被焦遠按掉，然後踩著拖鞋來到主臥室，準備打電話給其他幾人。他感覺渾身疼，實在不想動。

還沒等焦遠拿起電話，電話就響了，是熊雄打過來的，他和焦遠一樣的情況，不想去跑步。

除了熊雄之外，其他幾人的情況都差不多，既然熊雄都不去跑了，他們也直接待家裡休息。

由於昨天跑步之前沒有完全活動開來，沒做好熱身的前提下就開始跑步，焦遠他們幾個現在算是嚐到苦果了。雖然平時也騎自行車，偶爾打籃球，但還真沒這麼跑過。

最鬱悶的還是熊雄，照這樣下去，誰能接下長跑的項目？

週日上午各自在家休息，下午幾個孩子又聚到一起商量，這次熊雄掏出了一份名單，是班上的名單列表，費了點功夫才弄到的，讓焦遠幾個幫忙出主意。可是焦遠他們都沒當班級幹部，沒怎麼接觸班裡的其他同學，對班上那些人的熟悉度還比不上熊雄。

至於石蕊，她是學習股長，也認識班裡的大部分人，但主要熟悉的還是女生，對男生不怎麼熟，這個忙她也幫不上。

「怎麼辦啊？我都誇下海口了，做不到會被唾棄的！」熊雄拿著那份名單往臉上拍。

「你不就是擔心副班長嫌棄你嗎？沒事，我跟她熟，到時候幫你說話！」石蕊很仗義的說。

鄭歎趴在樹上聽那幾個傢伙的談話，不禁感嘆：青蔥的歲月啊！

回想了一下，鄭歎記得自己從小學到大學都沒參加過運動會之類的活動，班級的集體活動他都很少參加，每到那時候就帶著人去電玩遊樂場玩一整天，運動會什麼的完全沒印象……不對，有印象，好像是高中那時候，他和幾個狐朋狗友為了看一個長腿妹子，專門去操場瞧了，只是記憶有些模糊。

國中生的運動會，想看好身材的妞估計是看不到，不過鄭歎還是挺好奇的。要不，到時候去看看？

◆◇◆◇◆◇◆◇◆

既然決定到時候去看焦遠他們學校的運動會，鄭歎打算先踩點。

從楚華大學到焦遠他們學校，不算很遠，但也不是立刻就能到達的距離，鄭歎準備從楚華大學內最靠近國中的側門出去，然後再往那邊走。

早上送小柚子去附小之後，鄭歎一路小跑著到那個側門。

側門比較窄，進進出出的都是楚華大學的學生，還有很多推著自行車進校的人。鄭歎決定不跟他們擠了，從圍牆翻出去，然後往國中那邊走。

鄭歎沒有去過焦遠的學校，只記得焦媽每次的行車路線以及地圖上看到的標注，再說那所國中離這裡也不算很遠，應該不至於找不到。

從側門出來後，鄭歎明顯感覺到了這條街道的喧譁。

此處不同於中心廣場那邊的繁華，但也熱鬧得很。這邊有很多老舊的住宅區，來往買菜走過的婆婆媽媽們談論著今天的菜價和買到的菜，帶著楚華市口音的對話到處都能聽見。這裡沒有高聳的大樓建築，沒有來去匆匆的豪車，路面也不平坦。自行車、摩托車，以及一些大眾化的家用轎車占主要元素，這就是尋常的小老百姓的生活，滲透在平凡中的熱鬧。

學校的校車是不會走這條路的，因此鄭歎不可能在這裡找到帶著楚華大學字樣的通往國中那邊的校車。

街道兩旁都是建築物，而且鄭歎走的這一邊，很多屋子都在外圍築著圍牆，鄭歎索性直接跳上圍牆，在上面走動，不用在人行道上跟那些早上買完菜的婆婆媽媽們搶道。

街道的另一邊是商鋪居多，有很多早餐店，炸油條的聲音鄭歎都能聽見。帶著地方特色的早餐總是能夠吸引很多學生和上班族來這邊吃。不過，楚華大學太大，這邊離學校正門、教學區和學生宿舍都不太近，離得遠又沒有時間的學生們就只能隔段時間才過來一趟了。

鄭歎走在圍牆上，看著街道上來來往往的人，頗有些感觸，似乎從楚華大學每個門出來，見到的風景都不一樣。

正想著，鄭歎聽到前面不遠處傳來一聲貓叫，往前看過去。

一隻六、七個月大的小貓跳上圍牆，擋在鄭歎前進的道路上。不過，這隻小貓看了看鄭歎之後，就往前走了，看樣子似乎和鄭歎順道。

這隻貓是從旁邊的一棟樓裡出來的，然後直接跳上了圍牆，並沒有去人行道上走動。或許對於貓來說，這種圍牆是更適合的道路，不僅能夠讓牠們從高處俯視下方的情形，也能避開人類，不至於在人行道上被來往的人踢到。

既然是順道，鄭歎也不多想，他並不認識這隻小貓，沒準備主動湊上去打招呼。

又往前走了一段距離，鄭歎發現前面的小貓頓了頓，便抬頭看過去。視線越過那隻小貓，鄭歎看到更前方還有一隻貓，大的，而且與他現在的行走方向相反。

這算是狹路相逢嗎？

要不要打一架？

鄭歎準備先觀望，畢竟這道圍牆太窄，不可能讓兩隻貓並行。兩隻貓在這樣的情況下，是直接開戰，還是另一隻先跳下去避開鋒芒？

可惜，都不是。

出乎鄭歎意料的是，前面那隻小貓和更前面那隻大貓都沒停下腳步，還是按照原來的速度行走，也沒有要開戰的意思；在對上的時候，那隻小貓矮身，從那隻大貓腿下鑽了過去，那隻大貓也配合著抬起爪子。

很快，那隻小貓順利鑽過去了，大貓朝著鄭歎這邊走過來。

鄭歎看著前面這隻貓，體型跟自己差不多，估計也不是個能退讓的主。

那隻貓越走越近，鄭歎防備著這傢伙突然開撓，但對方似乎沒有要打架的意思，也沒有顯示出攻擊性。

就在那隻貓離鄭歎不到十公分的時候，牠停住了，然後晃了晃尾巴尖，仰脖子，抬下巴，前腿還動了動，那眼神似乎在說：來吧，可以鑽了。

鄭歎：「……」

——天殺的！這種從胯下鑽過去的法子還是留給其他貓吧！

鄭歎想了想，側頭看看前方的圍牆，估測了一下，然後準備——起跳！

從那隻大貓上方躍過，他看著那邊窄窄的圍牆接近，終於，順利降落！

還好還好，現在的判斷力和掌控力強了很多，雖然下落的時候有些落差，但還能穩住，鄭歎扭頭看了看那隻大貓，一仰頭，走了！

那隻大貓甩了甩尾巴，不再看鄭歎，繼續盯著牠的前方，昂首闊步。

走在鄭歎前面的那隻小貓來到一個分界處的時候，跳了下去，牠的目的地到了。鄭歎往牠走的方向看了看，那裡也是一個老舊的住宅區，裡面的綠化還不錯，估計那邊有牠的玩伴。

從這家的圍牆跳上另一家的圍牆，鄭歎繼續往前走，邊走邊看著兩邊的建築物，他不知道焦遠他們學校到底是在街道的哪邊，所以得多注意一下。而且那所國中不會像楚華大學這麼大，也不知道校門有多大，如果校門比較小，一不注意的話可能就錯過了。

繼續往前走了大概五分鐘，鄭歎動動耳朵，聽到讀書聲了。

——很好，就在前面。

鄭歎先看到的不是學校的大門，而是教學樓，走在圍牆上能夠聽到旁邊的教學樓裡面傳出來的讀書聲，有老師在領讀，一群稚嫩的聲音中，有帶著沒睡醒的慵懶意味的，也有那種扯著嗓門吼的，還有屬於小女生的細聲細氣的嗓音，都帶著屬於這個年紀孩子的情緒和朝氣。

莘莘學子，琅琅書聲。

鄭歎能夠看到一樓窗戶那邊坐在教室裡的學生，有幾個坐後面的不怎麼老實的男孩子，從書本後探出頭，在某個背影上流連忘返。

鄭歎忍不住一樂。

純潔的青蔥歲月啊！

相對而言，這個年代的孩子們還算是單純的，不像幾年後電腦普及，遭受網路衝擊的早熟的那些人。

沒有多少學生敢明目張膽望著窗戶發呆，偶然有個學生注意到外面圍牆上的黑貓，看了過去，下一刻就被老師點起來回答問題。

鄭歎沒有就此停下，繼續往前走，他準備去看看這所學校的大門，既然是過來踩點，肯定得將這一片摸熟。

國民中學，還是一所比較普通的國中，肯定比不上楚華大學的規模，就算是學校正門也不過和楚華大學的側門同等規模。

看了看，鄭歎覺得沒什麼值得繼續研究的，便跳下圍牆，往學校裡面走去。

在這裡，鄭歎肯定不敢就這樣直接走在學校的大道上，他不知道這裡有什麼規矩，也不確定下一刻會不會有保全之類的人過來驅趕，便沿著花壇，藉助一些綠化植物的遮擋，往裡面走。

沒有立即去教學樓那邊找焦遠他們的教室，鄭歎先看了其他地方，比如學生食堂、福利社、停車場等等，然後來到操場看了看。

不到半個小時，鄭歎就將這所學校轉了一圈，一些主要建築物和場地的位置也摸清楚了，最後才來到教學樓。

這所國中只有一棟教學樓，挺大的一棟。在家的時候，鄭歎就聽焦媽和焦遠說過，教學樓一樓和二樓是一年級的教室，三樓和四樓是二年級的教室，最上面的兩層樓則是三年級的教室。教師辦公室在一樓的排頭，另一端是廁所，兩端和中間都有樓梯。

這所學校不採用能力分班，至少一、二年級不分。三年級畢業班就另當別論了。

鄭歎記得焦遠他們的班級是一年級一班，熊雄他媽覺得雖然沒能力分班，但數字一還是顯得更有優越感一些，便將熊雄和其他幾個孩子都拉進一班了。

既然是一班，應該就是在這層的排頭，而且就在一樓，鄭歎看著各個班級門上的班號牌子找到一年級一班的位置。這邊靠著教師辦公室，估計是被重點觀察的對象。

由於正面有走廊，總有人走來走去，有的是巡邏的老師，有的是尿急的學生，不太方便鄭歎偷瞄。想了想，鄭歎便來到教學樓背面，瞅準後面的一扇窗戶，跳了上去。

這邊靠下的那幾扇窗戶都貼著報紙，大概是沒窗簾，太陽又照進去導致黑板反光的原因，裡面的學生就用一些報紙貼著。不過，還是會留一點小角之類的讓他們閒著沒事的時候觀察外面的景色。

鄭歎跳上最後面那扇窗戶的窗臺，原本準備站起來從上面沒貼報紙的窗戶往裡瞧的，卻見到下面窗戶那兒有個沒貼報紙的小角，便從那個小角往裡瞧。

坐在這扇窗戶旁邊的是一個男孩，他並沒有聽講臺上數學老師的講課，此刻他正用自動鉛筆將書本上那些數字「0」的裡面塗成實心，然後再找「4」、「6」、「8」、「9」之類的數字，將空心塗滿，塗完之後再用橡皮擦擦掉。

鄭歎突然想起來，這種傻事自己以前也做過。除此之外，還會在課本上畫畫，將書上那些人物添上幾筆。

算起來，拿筆寫字是好久好久以前的事情了，後來都是電腦打字，大學的很多作業都是直接列印出來交上去，需要筆寫的就出錢找人代寫。總之，鄭歎已經忘了最後一次拿筆是什麼時候。

不知道是不是察覺到有人在看著他的一舉一動，那男孩抬頭看看講臺上的老師，皺眉，然後側頭準備從那個沒貼報紙的小角看看外面的風景，結果這一瞧，就對上一隻眼睛。

而且明顯還不是人的眼睛！

那男孩嚇了一跳，手上的自動鉛筆都差點甩出去，要不是因為還在上課，估計他會直接從座位上彈起來了。

講臺上的數學老師往這邊瞧了一眼，那男孩趕緊坐好，裝模作樣在本子上寫寫畫畫。

過了兩分鐘，男孩瞟了眼講臺上的老師，看他沒瞧著自己了，才小心翼翼側頭再次看向窗戶外面。

沒有貼報紙的那個小角範圍有限，男孩只能從那裡看到外面是個帶毛的生物，仔細從窗戶上影子的輪廓分辨了一下，再聯想剛才看到的，男孩才確定蹲在窗戶外面的是一隻貓，黑色的貓。開學這麼久，這是他第一次看到窗戶外面蹲著貓，而且還從這個沒貼報紙的小角往教室裡面瞧，真是一隻奇怪的貓。

鄭歎原本還擔心那孩子嚇得叫出聲或者跳起來而引起其他人注意，沒想到這孩子反應得還挺快，夠鎮定，內心夠強大。

再次從那個小角往教室裡面瞧，鄭歎看了看時不時往自己這邊瞟的男孩，然後便往教室前面看去。

焦遠他們幾個並不難認，而且那幾個傢伙坐的位置相互之間都比較近，班導師為他們安排的座位也不錯，中間靠前，不用吃粉筆灰，也能看清楚黑板，能聽清楚老師的話。

坐在教室裡聽課的焦遠，打死也想不到他家的貓正蹲在教室後面的窗戶往裡面瞧著。

鄭歎看了一會兒之後就離開了，離開之前還跑到旁邊的教師辦公室看了看，不過那裡沒有英語組的，焦媽估計在二樓。

想了想，鄭歎並沒有爬去二樓找焦媽，在學校周圍閒逛了一圈後，就離開了。

就在鄭歎離開的時候，二樓教師辦公室那邊，一扇打開的窗戶旁，焦媽走到旁邊準備看看遠處的景物來緩解一下視覺疲勞，剛批改完作業有些累，卻沒想到往樓下一看，剛好看到一個黑色的身影竄上圍牆。由於離得有些遠，焦媽看得並不真切，再說這世上黑色的土貓很多，這裡離楚華大學那邊也有些距離，所以她並不認為是自家貓，剛才只是莫名覺得有些熟悉，不過最後還是搖搖頭，將心裡的那點懷疑抹去。

這節課下課之後，坐在最後排靠窗的那個男孩打開窗戶看了看外面，還探出頭往外瞧，可惜什麼都沒看到，沒見到任何貓的身影。

「喂，付磊，開窗幹什麼？太陽刺眼。」旁邊一個趴桌子上趁機補覺的學生叫道。

「哦。」付磊關上窗，想了想，將貼報紙空出來的那個小角撕大了一點，如果下次那隻貓再過來偷瞄的話，至少不會只看到一隻眼睛，那樣太嚇人了。

重新坐回座位的付磊趴在桌子上，看著前面那個小團體。班上的人都知道，那個小團體比較特殊，各科老師都照顧著他們。班上的其他同學羨慕有之，嫉妒有之。不過，付磊感覺很無聊，反正他也沒心思唸書，也跟那些被特殊照顧的學生沒交集。

另一邊，鄭歎順著來時的圍牆往回走，這次路熟了，速度放快了一些。

其實，每天無聊的話，也可以往這邊走走，多熟悉一下周圍的路。不僅是焦遠，以後小柚子也要在這裡上國中，接下來幾年應該會經常往這邊跑。

說起來，這一帶的貓也不少。

鄭歎來的時候碰到兩隻貓，回去的時候，又看到兩隻站在圍牆上對著炸毛的貓，不是之前的那兩隻。

那兩隻貓見到鄭歎之後，有一隻貓似乎被嚇了一跳，沒站穩，腳上一滑，同時又被另一隻貓趁機拍了一爪子，直接從圍牆上掉了下去。落地之後，牠往圍牆上看了兩眼，然後跑掉了。

至於還留在圍牆上的那隻貓，對著鄭歎繼續炸毛。鄭歎沒停，繼續往前走，那隻貓只是象徵性的發出幾聲「嗚嗚」的警示聲，然後也跳下圍牆，跑了。

鄭歎看著前面長長的由不同的圍牆斷斷續續組成的「貓道」，心裡有種預感，以後估計會在這些圍牆上碰到更多的貓。

◆◇◆◇◆◇◆◇◆

當天晚上吃完晚飯之後，焦遠又出門了，和其他幾人去運動場練習，他們每個人都報了項目，除了還沒定下來的八百公尺和一千五百公尺，焦遠則報了一個四百公尺和接力。

特別是接力，他們幾個得訓練一下配合度，別到時候直接把接力棒扔了。

鄭歎和小柚子也在旁邊看著他們練習，有時候會有一些在旁邊鍛鍊的大學生跟他們說說話，談一談「想當年」，傳授一些經驗。

「黑碳，跑步吧。」小柚子將揹著的小布包往旁邊一放，對鄭歎道。

鄭歎倒是無所謂，難得小柚子有這個想法，便陪著跑。

附小也有運動會，但是小柚子以前都沒參加過，而且鄭歎感覺小學的運動會比較敷衍，以娛樂為主，家長們會喜歡看。今年也沒聽說小柚子參加什麼……哦，好像參加開幕式了，穿著很傻的一套衣服，拿著花環，戴著兩朵小花，焦爸還拍過照，底片保留著，但洗出來的照片被小柚子塞進櫃子最裡面，不給人看。

附小的運動會是向楚華大學借一個運動場開的，場上都是看熱鬧的學生和家長，運動會那天小柚子只是幫忙遞水、做記錄，沒上場參加跑步。

跑之前，小柚子做了一下熱身運動，然後等焦遠他們跑第二圈的時候，跟了上去。鄭歎也跟在旁邊。

旁邊有人看到這一幕，還挺驚訝的，畢竟跑步大多都是帶著狗，帶貓的很少見。

見到小柚子，原本跑第二圈感覺後繼無力的焦遠幾人憋著一口氣，提速了，總不能被一個比自己小幾歲的小學女生甩在後面吧？

跑完後，幾人往東教職員社區走的時候，焦遠和蘇安都勸熊雄去班裡挨個找人問，如果實在找不到願意接下一千五百公尺的人，那熊雄就只能自己犧牲一下了。焦遠則有自知之明，四百公尺還行，八百公尺跑不來，一千五更是別想了，還是回家睡覺吧。

第二章

新朋友，新貓區

第二天，鄭歎在送小柚子到附小之後，再次往焦遠他們學校走。

今天有點悠哉的感覺，鄭歎走走停停還順便觀察一下沿途的風景，記下周圍的建築物和社區名字，街道路牌也得記下，還有往這邊走的兩路公車。

公車上總是擠滿著人，一些挎著菜籃子的老太太們擠公車未必會輸給那些大學生。鄭歎興致來了之後還會蹲在一個公車站牌附近，看那些老太太們擠公車。擠公車也是個技術活，剛才一個瘦小身板的老太太直接將那個五大三粗的男人擠到邊上去了，那男的也不敢說什麼，要尊老愛幼不是？

今天鄭歎沒碰上昨天那隻大貓，小貓也沒碰到，中途有一隻陌生的胖貓趴在圍牆上眯著眼睛曬太陽，見到鄭歎走過來也沒什麼反應，連屁股都懶得挪一下。鄭歎再次跳躍過去，以後這法子使用的頻率估計會很大。

來到一個小岔路口，這處往裡有條小巷子，鄭歎從圍牆上跳下來，走過這個小岔道口，正準備跳上另一面圍牆，突然耳朵動了動，看向小巷子裡面。

雖然這種地方確實是比較好的打架場所，但現在大白天的，還是早上，誰這麼無聊在這個時候打架？

仔細聽了聽，鄭歎從那些聲音中分辨出來，打架的幾個應該還是未成年人。

這裡離焦遠他們學校也不遠了，難道是他們學校的人？

這附近好像就只有焦遠他們學校了，至於最近的高中，坐公車也得好幾站。

反正閒著沒事，鄭歎決定過去看看。

循著聲音，鄭歎往小巷子裡面走。

巷子比較窄，這裡估計平時也沒什麼人經常走動，一些堆積的垃圾帶著濃濃的酸臭，這其中還有尿騷味。

「砰！」

一個書包從鄭歎前面不遠處的轉彎口甩了出來，砸在對面的牆上。除此之外，拳頭打在身上的聲音以及呻吟聲很清晰。

鄭歎慢慢走過去，來到轉彎處，探出頭往那邊瞧。

——喲，這不是昨天看到的那個小子嘛！

轉彎處那裡有三個人，一個個子矮一些，就是昨天鄭歎看到的焦遠他班上坐最後靠窗的那個傢伙；而另外兩個，看起來不是國三生的就是高中生。

不過，很奇怪的是，三個人之中，唯一站著的是那個矮個子男孩，另外兩個人則趴在地上，有一個還被揍哭了。

鄭歎好奇地看著那邊的時候，站在那裡的男孩也發現了鄭歎。

付磊打完架，甩了甩手，除了手上有些破皮，身上某幾個地方有些疼之外，沒什麼大事，準備過去將書包撿起來，誰知一扭頭就發現正站在轉彎處探頭看著這邊的黑貓。

——是昨天那隻嗎？

吸了吸鼻涕，付磊整理一下外套，將掉落的幾枝筆撿起來，拍拍書包上的灰，將筆塞進裡面。這個過程中，他還往鄭歎那邊瞟了瞟。

揹起書包，付磊抬頭看了看太陽，往巷子外面走去，站在岔道口的時候，他猶豫了一下，然後來到斑馬線那裡，準備過馬路。

鄭歎挺好奇的，跟焦遠一樣大的小孩子，看著不顯眼，打架怎麼這麼厲害？而且，這小子到底想幹嘛？學校的路不是往那邊，難道是去醫院？

來的路上，鄭歎沒看到有什麼醫院，不過小診所倒是見到幾間。

反正閒著沒事，好奇之下鄭歎便跟著男孩走過馬路。

前面揹著書包的付磊走到街對面之後，停住腳步，往後瞧，見那隻黑貓跟著自己，也沒說話，扭頭繼續走。

鄭歎看著前面那小孩走進一個老舊社區，頓了頓，也跟了進去。

原本鄭歎只是打算進去看一下這個社區而已，見前面那小孩走進公寓，也就沒跟了，沒想到那小孩進公寓之後沒多久，又走了出來，看著鄭歎這邊。

經歷過一些事情之後，鄭歎對一些人眼裡所表達出來的善與惡很敏感，而站在樓梯口的那小孩眼裡只是帶著期待，並沒有任何惡意。

想了想之後，鄭歎走了過去。

見貓跟過來，付磊笑著走進公寓，然後一步步踩著樓梯往上走。以前他都是直接一口氣跑上去的，現在他每走幾步，就看一下後面那隻貓有沒有跟上來。

鄭歎見到那小孩在四樓一戶人家門前停住，然後從書包裡掏出鑰匙，打開門，進去之後還朝他招手。

鄭歎聽了聽裡面的動靜，除了那小孩之外，此刻屋裡好像沒有其他人，便抬腳走了進去。

很普通的一戶人家，簡陋樸素，家具比較舊，大約十五坪，比焦家還小，鄭歎感覺有點擠。這屋裡就兩間臥房，兩房一廳，那小孩的房間看起來感覺跟小柚子的房間差不多大，不過比小柚子的房間要亂得多，地上還隨意甩著幾本書，鄭歎走過去的時候，看到其中一本書正好封面攤開著，上面寫著名字——付磊。

每一筆都很有力道，顯得剛毅，但這些筆劃湊一起就感覺賣相差多了。

正當鄭歎觀察付磊的小房間時，付磊放了個魚頭在鄭歎眼前。

這應該是昨天的剩菜，剛從冰箱拿出來的，還帶著涼氣，魚頭上黏著的湯汁都呈凍狀。

鄭歎看了看眼前放在一張紙上的魚頭，扭頭看向別處。

「不吃？」

付磊很疑惑。這要是隔壁那家的貓，估計都等不到魚頭放穩就迫不及待地叼著跑了。

鄭歎在這個小房間裡走了一圈，然後跳上堆著雜物的書桌。書本放得比較凌亂，但是有個例外——一個深棕色的木雕小獎盃放在那裡，獎盃周圍一圈都沒有其他雜物，而且很乾淨，上面並不像旁邊的存錢筒那樣布著一層灰，很顯然主人經常擦拭，將這東西看得比較重。

「這是我十歲時得到的！」付磊拿起那個小獎盃，得意地說道。

一高興，這小孩話就多了。

和鄭歎以前見到的很多人一樣，對著動物，人的防備心會降下來，心裡想什麼就說什麼，也不會藏著掖著。

對小孩子而言，一些比較高興的自豪的事情都會樂意拿出來分享，就算在眼前的只是一隻可能什麼都不懂的貓。

從付磊的講述中鄭歎知道，這小孩果然是練過的，不過卻是野路子出身。

付磊的老家在農村，小時候父母忙，他在農村跟著爺爺奶奶過，村裡有個會點拳腳的師傅開了間小武館，村裡的小孩子過去跟著學。付磊就是其中之一。

學武嘛，強身健體，老人家們還是樂意的。

而這個木雕獎盃就是付磊那個野路子師傅自己雕的，雕工不錯，木質算不上上乘，但也不是隨意糊弄的那種品質。

付磊在一次考試中，打敗了另外四個和他年紀差不多的小孩，得到了這個獎盃。不過後來，武館開不下去，那個野路子師傅和村裡幾個年輕人一同南下找工作去了，聽說在南邊當保全，每個月都能有不錯的收入，再後來就沒音訊了，出去就沒再回來過。

雖然沒了教導的人，但付磊還是一有時間就自己練練。五年級時被父母接來城裡，也沒買自行車，父母忙著沒時間，為了省公車費，付磊就跑著去學校、跑著回家。

像今天這種被高年級的學生攔路勒索之類的事情，他也遇到過幾次，每次都是打架解決。有時候他打贏，有時候對方人多的話他會打輸，因此付磊也給很多人留下了一個壞學生的印象，所以付磊的小學同學很多都不願意跟他接觸。

上國中後，一些人也傳播著付磊的事蹟，所以就算是現在剛開學沒多久，付磊這個壞學生的帽子也早戴穩了，不然不會直接被老師甩到最後一排，還對他睜一隻眼、閉一隻眼懶得管教。

付磊覺得自己對唸書不感興趣，想著以後長大了跟他那個野路子師傅一樣去南邊找工作算了。剛開始說這種話的時候，付磊被他老爸揍了一頓，揍得狠，在床上躺了一個星期。付磊提一次不想唸書，他老爸就用拳頭解決，所以後來付磊也不說了，抱著得過且過的心態，就這樣混著。

小學升上國中沒什麼問題，而且他家戶籍就在這個區域，父母用了點錢，將他塞進現在這所國中，希望他能「好好學習，天天向上」。而付磊對這句話的回應是掏耳朵。

說到後面，付磊的情緒又低落了下來，他覺得上學沒意思，還不如以前在那個木棚子小武館裡來得暢快。

小心翼翼將那個木雕獎盃放好，付磊打開抽屜，拿出一盒藥膏，為破皮的手擦藥。

鄭歎看了下，那抽屜裡面各種藥膏都有，付磊他父母買這麼多是預備著這小孩打架用的嗎？真夠汗顏的。

擦完藥膏，付磊坐在地上，將書包拖過來，掏出裡面的幾枝筆看了看，將外殼破掉的扔到一邊，裡面筆芯抽出來以後還能換著用。

正抽著筆芯，門鎖響了，還有鑰匙開門的聲音。

付磊一驚，將手上的筆全部塞進書包裡，同時對鄭歎道：「快藏起來！」

鄭歎不知道為什麼付磊要這麼說，但還是很快的躲進床底下。

下一刻，門開了，一個四十歲左右的男人走進來，看到付磊之後，就好像休眠許久的火山突然噴發了。

「付磊！你又蹺課？！」

男人大步走過來，看看放在旁邊的藥膏，吼道：「你他媽又打架？！」

然後，鄭歎就聽到付磊挨打的聲音，估計是打屁股。

這爹的脾氣還真夠火爆的，原因都不問就開始打。不過，這也從另一個角度說明，付磊這傢伙確實經常打架，甚至蹺課。

「我花那麼多錢把你塞進那個學校，就是讓你去蹺課打架的？！今天我要不是忘了東西在家回來拿，還真讓你逃過去了，兔崽子！」

付爸邊打邊罵，趕著回來拿東西，水都沒喝就看到付磊，現在又打了這一會兒，估計也打累了坐在床邊喘氣，但嘴上還是不停。

「萬般皆下品唯有讀書高，你不讀書以後準備跟我一樣整天在工廠累死累活拿那點微薄的薪水混日子嗎？！現在五星級飯店當門童的還得會幾句外語！老子寫給你的座右銘你看不見？」

說著，付爸指著貼在付磊房間床頭的一張毛筆字帖。

要說付磊他爸，雖然只上了個小學，後來還是自己拜師學了點技術，現在就憑那點技術在工廠工作過日子；付磊他媽也是小學畢業，學歷也不高，現在在附近一間小超市當售貨員。兩口子吃了沒知識沒學歷的苦，所以特別希望付磊能夠好好讀下去，並以偉人所說的「好好學習，天天向上」作為座右銘。

為此，付磊他爸還專門用毛筆寫了一張帖子貼在付磊床頭，結果現在看過去，發現那張紙上已經被付磊塗改過了。

此刻，貼在床頭的是碩大的八個字——「孬孬學習，夫夫向上」。

付爸準備脫口而出的訓話卡在半路了，頓了兩秒之後，脫下鞋就朝付磊打過去。

鄭歎從床底下往那邊看，看不到全身，只能看到四條腿。不過，配合著聲音，鄭歎也能知道付磊被他老爸揍得有多慘。

可就是這樣，付磊這小子還是一聲都不哼。

付爸估計在趕時間，打了幾下之後，找了張紙寫了請假單，後面簽上自己的名字，重重拍在桌子上，然後出門，動作力度太大，門關上的時候發出「砰」的一聲巨響。

鄭歎從床底下鑽出來，看看皺著一張臉揉著屁股的付磊，然後視線落在付爸留下的那張紙，看完上面的內容後，鄭歎有種哭笑不得的感覺。這是請假單，連藉口都寫上去了，後面是付磊他爸的簽名。

鄭歎有點不知道該如何說這對父子，不過鄭歎覺得付爸的觀點有點太極端，如果他知道十年後會有大批拿著各種證照去擠就業博覽會的大學生們在很多領域廉價出賣勞動力，外行上司領著內行，會是個什麼樣的心情？

不過，這個社會本就是複雜的，在一個金字塔型的社會中，在塔頂的永遠只有少數人。

當然，付爸的那些話說得對，但也不完全對，就看付磊未來怎麼去應對了。

鄭歎見付磊將紙條收好之後，很淡定地收拾書包，便知道這樣的情形平時沒少發生。

這傢伙果然很耐揍。

突然，鄭歎想到，如果讓付磊去跑一千五百公尺，會怎樣？

這傢伙上小學的時候就自己跑著來跑著去，體力不錯，應該是個耐力好的，也省得焦遠他們幾個整天傷腦筋。

現在的問題就是，怎麼讓付磊這傢伙答應去跑步？

同一個班，付磊不可能不知道運動會的事情。長跑沒人報，付磊肯定也知道，可是到現在他卻沒有報名，為什麼？還是有其他原因？

算了，到時候讓焦遠自己去問吧。

在付磊這裡待了一會兒，鄭歎看看桌子上的鬧鐘，該回家了。

「咦？你要走了？」付磊看到黑貓往門口跑，起身走過去，打開門。

鄭歎看了一眼付磊，又看看他家的門牌號碼，然後下樓。

◆◇◆◇◆◇◆◇◆

付磊上午沒去學校，中午他爸媽都不回家。他在學校的時候，中午都是在學生食堂解決午飯的，不過現在在家，只能自己想辦法應付一下。

付磊從冰箱裡翻了點東西，在外面一間小店鋪買了兩個饅頭，湊合解決了午飯問題，反正這樣的情況對他來說很平常。

吃飽睡了個午覺之後，付磊揹著書包來到學校，將請假單給班導師過目。班導師也沒多說，已經不是第一次，說了也是白說。

從班導師辦公室出來，付磊坐在座位上發呆，同桌的同學也只是感慨了一句「又蹺課了」，沒有多餘的話，大家都已經習慣了付磊這種「蹺課」的作風。有些人還挺羨慕付磊的，至少付磊還有正宗的家長寫的請假單，他們可沒本事能從自己爸媽那裡搞到這種「請假單」。

付磊也沒心思跟旁邊的幾人說話，他現在心情正沉重著，上午是因為他爸趕時間，暫時逃過一劫，晚上回去就不行了，看今天他爸的反應，鐵定會狠揍他一頓。

長嘆了一口氣，聽到上課鈴聲響起，付磊從書包裡拿出課本，攤開放在桌上，盯著課本發呆。

課上到一半的時候，付磊感覺到窗戶旁邊影子一閃，心裡一喜，側頭從那個小角看出去，果然又是那隻黑貓！

鄭歎跟小柚子和焦威一起出門，看著小柚子走進附小的校門之後，就直接往這邊過來了。他跳上窗戶往裡瞧，果然看到付磊這小孩又在發呆。見付磊看向這邊，鄭歎看了他一眼，又往教室前面瞧，焦遠他們幾人上課還挺認真，至少從後面看是這樣。

雖然這扇窗戶緊閉，但教室靠前的一扇窗戶開著，而且就算這邊的窗戶全部緊閉，鄭歎也能清楚聽到裡面老師的講課。

現在是國文課，那個國文老師正對他們講著寫作文的時候要注意的事項。

「……不管你寫的是真實的，還是虛構的，在你寫作文的時候，需要注意以下幾點。第一，不能有單字人名。第二，不能有瓊瑤痕跡……」

講臺上的老師說得很投入，但鄭歎看到坐在下面的很多學生偷偷打哈欠。沒辦法，下午第一節課，大家的精神狀態都不太好。

下課鈴聲響起的時候，昏昏欲睡的人中，有的同學突然驚醒，然後精神百倍地準備出去閒逛一圈，也有的同學緊繃的神經一放鬆，就等著老師離開教室後趴桌子上睡覺。

鄭歎在聽到下課鈴聲時就跳下窗臺，來到圍牆上趴著，琢磨到底要不要去找焦遠和焦媽付磊見窗臺上已經沒有黑貓的身影，便打開窗戶往外瞧。正好這時候，熊雄走了過來。

熊雄現在是挨個詢問，不放過任何一個可能，可是到現在都還沒問出願意報八百和一千五的。上次他們體育課的時候繞操場跑圈，很多人累得要死，對八百公尺也有了個大致的印象，所以現在誰都不願意去跑，更何況是一千五百公尺。

這個班上課業成績好的人很多，但體育好的還真沒幾個，熊雄這個體育股長當得委屈，現在趁著下課時間，問到最後一排。

還是和之前一樣，那些同學聽到八百公尺的時候還猶豫一下，至於一千五百公尺就直接搖頭了，沒人願意去。

「喂，那個誰，你報一千五嗎？」熊雄問正往窗戶外面瞧著的付磊。

還沒等熊雄問完，付磊就往教室外面跑了。

「這傢伙誰啊？這麼囂張！」熊雄也憋著一肚子氣，他第一次在班裡被人無視成這樣。

「他？付磊啊，那個聽說打架很厲害，還經常蹺課也不會被老師說的傢伙。」與付磊同桌的同學說道，帶著點幸災樂禍的語氣。

雖然沒公開說出來，但很多人都知道，熊雄他家有背景，班導師對熊雄說話的時候語氣可好了，完全不像平時那種嚴肅的樣子。

熊雄將手裡的名單捲成個筒，往桌子上使勁敲了敲，「哼」了一聲，轉身準備離開，離開之前往窗戶外面隨意瞟了眼，剛好看到趴在不遠處圍牆上的黑貓。

不過熊雄也沒往深處想，回座位的時候還跟焦遠道：「剛才看到窗戶外面有一隻黑貓，跟你家那隻長得挺像。」

說這話的熊雄是隨口一提，可焦遠就不同了，他太清楚自家貓閒晃的能耐，剛上國中的時候他還想著自家貓會不會閒晃溜達到這邊，一個多月過去也沒見蹤影，可是現在突然聽到熊雄提起來，他趕緊問道：「在哪兒看到的？」

熊雄指了指最後一排的窗戶。

焦遠也沒跑到最後一排去，那裡人比較多，而講臺旁邊的那扇窗戶周圍沒坐人，他便走過去拉開窗戶往外瞧。

鄭歎原本趴在圍牆上思考，沒兩分鐘就發現付磊跑了過來。圍牆有些高，付磊爬不上去，伸手也碰不到上面，就站在那裡對鄭歎說話，掏出一包多味花生與鄭歎分享。不過現在鄭歎對多味花生沒興趣，就趴在原處聽付磊抱怨晚上回去估計要被揍得很慘的話。

「黑碳！」

正聽著付磊的抱怨，鄭歎突然聽到有人叫他的名字，側頭看過去，看到焦遠正趴在窗戶那裡望著這邊。

鄭歎起身轉了個方向，然後沿著圍牆走了一段距離，來到正對著焦遠那扇窗戶的位置。

「臥槽，還真的是！」

或許熊雄覺得黑貓長得都一個樣，但焦遠在圍牆上那隻貓扭頭看過來的時候就知道那絕對是自家貓，看到牠往這邊走，就更確定了。

焦遠轉身就往教室外面跑，很快從另一邊繞過來。不過，看到付磊站在那裡，焦遠雖然有些好奇，不過也沒多問，現在他最著急問的就是為什麼自家貓會在這裡。

「黑碳，你怎麼過來了？爸知道嗎？咦？你貓牌呢？又扔哪去了？」

焦遠一連串的問題問出來，站在旁邊嗑多味花生的付磊看看焦遠，又看看圍牆上的貓，一臉的訝異。他還真沒想到這是焦遠家的貓，難怪每次從窗戶往教室前面看。

也沒等焦遠說幾句，上課鈴就響了。

「你別到處亂跑，下課了我再過來！」

說完，焦遠往教室跑，後面的付磊也不吃了，將半袋花生往口袋裡一塞，也跟著往教室跑去。

坐在教室裡的時候，焦遠時不時往窗戶外面瞧，被講臺上的老師瞪了幾眼才收斂些。

至於坐在最後一排的付磊，依舊開小差，在國文課本上畫幾筆，看看窗戶外面，那隻貓果然還在圍牆上趴著沒跑，心裡疑惑。那幾個人不都住在楚華大學教職員社區嗎？他家的貓怎麼會跑這麼遠，而且還直接來到學校？

鄭歎趴在圍牆上曬太陽，順便打了個盹，直到再次聽到下課鈴聲。

聽習慣了附小的音樂鈴聲，再聽到這邊的鈴聲就感覺有些刺耳。

這次一下課，焦遠就跑出來，要帶著鄭歎去找焦媽，不過鄭歎沒動。焦媽她辦公室在二樓，哪有帶著貓直接去教師辦公室的？

焦遠也反應了過來，只是跟鄭歎說了幾句話，讓他注意學校裡的一條大狗，那是大門警衛養的，對學生還好，但是對其他動物就比較凶……

焦遠又囉嗦了十分鐘，直到上課鈴響才往回跑。

鄭歎也不再待下去了，無聊，在焦遠往教室跑的時候，他則往楚華大學那邊慢悠悠地走。

付磊坐在窗戶邊，沒出去，從剛才就一直看著外面。他挺羨慕焦遠的，上課還有自家貓過來看望。像他就不同了，父母忙，連他這個唯一的兒子都照顧不過來，更別提養寵物了。

第三節課下課的時候，焦遠往窗戶外面瞧了瞧，沒見到自家貓，又出去看了一圈，確定自家貓不在，便來到最後一排叫上付磊出去說話。

從付磊嘴裡知道自家貓昨天就來過，而且今天還跟著付磊去了他家，焦遠更驚訝了。

跟付磊說幾句之後，焦遠感覺這人還不錯，不像別人說的那麼難相處，而且這人還誇讚自家貓，對此焦遠很是得意，同時也覺得付磊這人的人品不像其他同學說的那麼差嘛。

談完自家的貓，焦遠順便問付磊：「聽說你很能打？」

「沒，只是打架的次數比較多而已。」付磊還有點自知之明，打架輸的次數也挺多的，不算能打。

「那你能不能跑？」

焦遠問這話的時候，熊雄幾人因為看到焦遠跟付磊在外面說話而好奇地湊過來，恰好聽到這句，幾人齊齊看向付磊，滿懷期待。

付磊原本準備說不能的，見到這情形後頓了頓，答道：「還行吧。」

說完付磊就後悔了，跑什麼步啊，浪費時間，還不如去練沙袋呢！

熊雄聽到付磊的回答後，原本對他的不滿就直接踹飛了，走了過來將名單打開，搭著付磊的肩膀，一副哥倆好的樣子，「來個八百公尺吧，我們相信你！喏，在這裡寫個八百。」

熊雄一直將筆隨身帶著，最近他是名單和筆都不離身，為了這個運動會，他這個體育股長算是「鞠躬盡瘁」了！

八百公尺？付磊想了下大致的長度，點點頭，接過筆，在自己的名字後面寫了個「八百」。

熊雄見到那個歪歪扭扭的「八百」，笑得眼睛都瞇了起來，「順便把一千五也寫了吧。」

付磊：「……」

這種順著桿往上爬的風格真是夠無賴的。

「咳！那啥，確實有點強人所難……」熊雄悻悻地將名單收起來，不過能夠又敲定一個人跑八百公尺，也算是今天的一大收穫。

◆◇◆◇◆◇◆◇◆

下午放學的時候，焦遠他們幾個騎車一起回去，路上見到付磊，打了聲招呼。不過付磊沒騎車，焦遠他們也沒多停留，說了兩句就離開了。

焦遠一回去就跟焦爸說了自家貓的事情，焦爸的反應很淡定，自家貓經常從家裡到寵物中心去，這段距離更遠。不過，自家貓能夠自己摸清楚地方，焦爸還是很欣慰的。

「不過我辦公室不在一樓，也不好讓黑碳進去，我們那間辦公室，一整個英語組的老師都在那裡，被人看到不好。」焦媽感覺有些遺憾。

「沒事，牠自己過去閒晃，遛完就自己再回來，現在也沒聽說有抓貓的，應該沒事。」焦爸說道。

吃完飯，還是和以前一樣，焦遠他們幾個去運動場那邊練習，鄭歎和小柚子過去旁觀，順便小跑個一、兩圈。

焦遠他們沒有立刻開始跑，吃飽了先休息一下，消消食，做做熱身運動再說。休息的時候，他們聊著聊著就說到了付磊，關於付磊的傳言很多，但是今天幾人對付磊的印象還不錯。焦遠是由於自家貓的原因，而熊雄則是八百公尺的原因。

「要不要明天把付磊叫過來一起練習？」蘭天竹提議，「有沒有他家的電話號碼？可以先問一下。」

「沒有，我手上只有名單。」抬起運動手錶看了看時間，熊雄道：「現在還沒七點，還早。或是我們直接去找他吧？」

前幾天幾人都是八點多才回家，還有一個多小時呢，剛開學不久，作業也沒多少，犯不著這麼早就回去。

「也行，付磊他家在哪兒？」蘇安看向熊雄。

熊雄攤手，「別看我，我也不知道。」

幾人沒誰知道付磊家的地址，但看今天付磊沒騎自行車，幾人覺得他家應該挺近的。

「我知道怎麼去他家了！」焦遠從旁邊的雙槓上跳下來，朝正跟著小柚子在跑道上慢步走的黑貓叫道：「黑碳，過來一下！」

正跟著小柚子悠閒散步的鄭歎聽到焦遠叫他，看了看已經停下來的小柚子，甩甩尾巴，不怎麼樂意的往那邊走過去——這幫小子就是屁事多！

「黑碳，你知道付磊他家在哪裡吧？」焦遠問鄭歎，「知道的話就帶路。」

鄭歎扯了扯耳朵，這是要上門堵人嗎？

熊雄他們幾個其實並不怎麼相信一隻貓能夠帶路之類的，但是在焦遠說了幾句之後，那隻貓還真的走了。

焦遠趕緊提著背包跟上，小柚子也不想現在就回去，騎著兒童車跟著焦遠他們一同往側門那邊去，出側門之前，她將兒童車停在靠側門的停車棚。

「喂，焦遠，你家這貓真的認識路嗎？不會把我們引去誰家母貓那裡？」熊雄一邊走，一邊左右瞧著。

現在天色還沒有完全暗下來，不過路燈已經亮起來了，街上的人比較多，也不至於害怕，他只是懷疑而已。

焦遠「切」了一聲，但心裡也不怎麼肯定。

鄭歎在前面帶路，走了一會兒之後，跟在後面的熊雄又開始抱怨。

「不是說付磊家比較近的嗎？怎麼走到現在還沒到？」

其他幾人只是隨意應了兩聲，心裡的懷疑更濃了。

鄭歎沒管他們到底在想什麼，他現在只要帶路就行了。

走到那個小巷口的時候，鄭歎過馬路，帶著焦遠幾人往那個老舊社區走。

社區裡的一些老人們吃完晚飯後就出來散步，見到幾個面生的小孩還挺詫異的，問了一下，焦遠回答了自己幾人過來的原因。

「付磊？哦，那個小子啊，他家就在四樓，走那邊。」

那位老人抬手指了指付磊家的那棟樓。

——還真的住在這裡！

蘇安幾人相視一眼，又看看前面的貓，心裡都很驚訝。焦遠他家的貓果然很厲害，不愧是東教職員社區一霸！

此刻，付磊家剛吃完晚飯。

付磊的爸媽下午下班回來得比較遲，所以晚飯時間經常都比較晚。

付媽沉默地起身準備收拾碗筷，她一看丈夫那樣子就知道今天又得教訓付磊了，而且教訓的時候最不喜歡別人插嘴。

付磊晚飯吃了三碗，每次在挨打之前就會多吃一些，他覺得吃多了到時候恢復得快。

「你過來！」付爸板著臉，直接往付磊房裡走。

付磊垂著頭，慢吞吞跟上去。

付爸拖了張椅子過來坐下，看了看站在眼前的付磊，正抬手準備打下去，嘴裡還訓斥著：「你他媽……」

三個字剛出口，就聽到有人拍門。

付爸在教訓孩子的時候不希望被外人看見，雖然他自覺自己沒文化，但是也知道家醜不可外揚，面子工程得做好。但在這種情緒都已經醞釀好、就等著發飆的時候，被人打擾，付爸黑著一張臉，坐在那兒動也不動。

付媽輕嘆了一聲，擱下正準備洗的碗，甩甩手上的水滴，走過去開門。

一開門，見到幾個跟自家小子一樣大的小孩，以及一個跟更小些的小女孩，付媽有些詫異，原以為是鄰居誰過來借東西的，沒想到會出現這種情況。

「請問是付磊家嗎？」焦遠問道。

「對、對……請問你們這是？」付媽趕緊道，心裡也擔心自家小子是不是在學校又闖什麼禍了，眼前這幾個孩子看著不像是那種混混學生。

鄭歎沒管那麼多，直接走了進來，一進去就看到狹小房間裡的那兩父子，這是準備開打了？看來自己幾個來得還挺及時。

付磊跟他老爸一樣，見到進來的幾個人之後，有些傻眼。他是真的沒想到焦遠幾人會過來，再瞅瞅旁邊，那隻黑貓跳上一張凳子，蹲在那裡，一副準備看戲的樣子。

「咳，這幾位是？」付爸見到幾個孩子，也不好擺出一張嚴肅的臉，硬是擠出點笑意，拍了拍付磊的後腦勺，問道。

跟付媽一樣，付爸心裡也琢磨著是不是自家小子又打人了，算了算錢，這個月的薪水剛發下來，只是一般賠償的話，還能應付。

「您好，我們跟付磊同一個班的，為了運動會的事情過來找一下付磊。」熊雄上前一步，同時打開手裡的名單，指了指付磊簽的字。

付磊正看著蹲凳子上的黑貓，被他爸一巴掌打得有些茫然，聽到熊雄的話，他就更納悶了，就為了運動會的破事還特意找上門來？不過這也正好讓他免過一次「家暴」。

付媽聽到幾個孩子的說明之後，趕緊找出幾張椅子，讓幾個孩子坐下，再從櫃子裡拿出一些小零食，還放了兩個大果凍在小柚子眼前。

這是第一次，他們家有這樣的訪客。這裡面還有班級幹部呢！

付爸想得比較多，也旁敲側擊了一下，知道來的幾個都是住楚華大學東教職員社區裡面的，頓時臉上的笑意大了很多，看上去相當和藹。站在旁邊的付磊這幾年來還是第一次見到自家老爸這種樣子，他都不知道原來自己老爸還是會這樣笑的。

付媽有些不好意思，知道這幾個孩子的家境都很好，父輩都是高知識分子，還害怕這些孩子看不起自家的情況，可仔細觀察，發現並非如此，這幾個孩子眼裡並沒有什麼輕視的意思，除了剛進來的時候有些拘束之外，後面都很自然。

對於這點，鄭歎清楚原因。

其實住在楚華大學東教職員社區的那些教師們，尤其是那些已經退休的老教師，過得都很清貧，熊雄他爺爺奶奶那邊就比較質樸，雖然不至於像付磊他家這樣，但對於熊雄他們來說，並沒有什麼，談不上所謂的輕視與否。

而且，雖說這幾個小傢伙有時候有那麼點恃才傲物，但教養還是好的，一些基本的禮貌都懂，鄭歎瞭解他們。

「那我們班的八百公尺跑就靠他了！」熊雄指著付磊說道。

付爸大手一揮，「沒事！八百、一千五的都交給他吧，這小子也就這點用了！」

付磊：「……」有這麼損親生兒子的嗎？

熊雄沒注意後半句，因為前半句中有個關鍵字被他抓住，立刻將名單拿出來放在桌子上，將筆遞給付磊，「你爸說你一千五都行，來吧，我們班真的就靠你了！」

付磊有些猶豫，這種吃虧的事情實在不想幹，但他爸的巴掌已經拍了下來。

「還愣著幹什麼！懂不懂什麼叫做班級榮譽感？團隊！團隊懂嗎？你有能力就得多為團隊做貢獻！」付爸瞪著付磊說道。

付磊撇撇嘴，對他爸這種古董思想很是不屑，但還是接過筆，在上面簽下「一千五百公尺」。

不虛此行啊！熊雄現在感覺渾身舒爽，突然感覺生活還是美好的，明天還是燦爛的！

跟付爸說完話之後，熊雄幾人就來到付磊的房間。

「臥槽，付磊，你這窩比我的還亂！」熊雄看著到處亂糟糟的房間，驚嘆道。他同時也覺得付磊果然是同道中人，一個男人要把房間整理得那麼乾淨幹嘛？反正又沒人看。

熊雄這麼直接說出來，其實也不怎麼讓人覺得尷尬，總比明明嫌棄還裝作不在乎的好。

不過付磊他爸媽在客廳聽著就臉紅了，真是丟人啊！

幾個孩子都去了付磊的小房間，只有鄭歎蹲在客廳的凳子上。

「哎，你說，這幾個孩子過來為什麼還帶貓？」付爸看著淡定地蹲在旁邊凳子上的黑貓，小聲的問付媽。

「應該是帶著出來散步的吧？」付媽不太確定的說道。

「嘖，知識分子家的貓就是不同。」付爸準備點根菸，但是一想到屋裡的幾個孩子，還是忍住了。

又不能現在出去散步，夫妻倆坐在客廳裡，不知道在想什麼。

閒著無聊，付爸從冰箱裡夾了個魚頭出來放在鄭歎眼前。

「喏，吃吧！」

鄭歎：「……」果然是父子啊。

還是和之前一樣，鄭歎看了一眼，就不理會了，換張凳子，繼續蹲在那兒。

「……知識分子家的貓就是不同，這叫不吃嗟來之食，對吧？」付爸繼續盯著鄭歎瞧。

鄭歎被盯得煩了，跳下凳子，走進房間去。

房間裡熊雄幾人正聽付磊在吹牛，尤其是小時候學武的事情，讓熊雄很羨慕。

在這裡待了半小時之後，焦遠才提議離開，太晚了回去會挨罵。

「今天太晚了，要回家，我們下次有機會再過來。」焦遠說道。

「嗯，還有一些事情明天去學校了再談吧。對了，明天你吃完晚飯跟我們一起去楚華大學的運動場練習吧……」

熊雄還在後面跟付磊囉嗦，蹲在門口的鄭歎有些不耐煩了，看看外面的天色，已經黑了下來，不知道這邊的治安怎麼樣，趁著不太晚、路上還有一些行人的時候，趕緊回去吧，別碰上那些打劫的小混混。付磊能打，但這邊幾個傢伙拳腳卻很遜，還帶著兩個女生呢。

付爸拿過外套，「現在晚了，我送你們回去吧，免得碰到外面一些亂七八糟的小混蛋，反正這裡離楚華大學那邊也不遠。」

這話讓鄭歎放心很多，有這個高武力值的人在，幾個孩子肯定是沒什麼事的。

付磊也不好在家待著，便跟著他爸一起送焦遠幾人往楚華大學那邊走。路上見到那隻黑貓一直跟在旁邊，他還問了焦遠幾句關於貓的事情。

談起自家貓，焦遠的話就多了，劈里啪啦說了很多。幾人說說笑笑，覺得時間過得挺快，不一會兒就已經站在側門門口了。

小柚子走過去將車從車棚裡推出來，鄭歎跳上車籃。

至於焦遠幾個則跟著小柚子的車，一直小跑回東教職員社區。

將人送到楚華大學側門的付爸，看著遠去的幾個孩子，再看看側門上的字，順手一拍付磊的後腦勺，「記得跟他們好好相處，那對你有好處。」

付磊不吱聲。

「聽到沒？！」付爸又拍了一次。

「聽說拍後腦容易把人拍傻。」付磊憋出這麼一句。

「我說你這小子……」付爸準備往付磊的後腦勺再拍一巴掌，想了想，還是停下手了，改為拍肩膀。

很多沒讀過大學的人，心底對於大學都有一種執念，就和付爸一樣，站在大學門口的時候，那種深埋在心底幾十年的情感似乎即將破土而出。

他們這輩子再也沒機會了，所以希望自己孩子一輩的人能夠進去這樣的高等學府。別管他口頭上說得要求有多高，心裡早就不指望付磊能夠讀多好的大學，更別提楚華大學了；其實，只要是個大學，他就滿足了。

◆◇◆◇◆◇◆◇◆

次日放學後，付磊跟焦遠他們約好了吃完晚飯就去楚華大學的運動場訓練。離週五、週六的運動會，已經不到兩天了，得抓緊時間練習。

在家裡扒完飯，抹抹嘴巴，付磊拿過書包準備出門，付爸跟著一起過去，晚上要是練習得太晚的話，就跟著兒子一起回來；另一方面，付爸也很想在這個全國有名的高等學府裡面多轉幾圈，平時在忙工作，都沒多少機會能進到大學裡。

焦遠和熊雄跟他們說過運動場的位置，父子倆準備到時候就算找不到地方，問問人就行了。可沒想到，一進那個側門，他們就看到焦遠家的黑貓蹲在旁邊一個臺階上。

見到付磊父子之後，鄭歎從臺階上下來，伸了個懶腰，帶兩人過去運動場。他是特地過來接人的，楚華大學裡面的路比較多，運動場有好幾個，就算是楚華大學本校的一些學生也未必能夠分清哪個是哪個，所以鄭歎提早過來這邊等著，省得這兩人到時候亂走，浪費時間。

「你同學家的貓，很厲害啊！」付爸看著前面帶路的貓，對付磊說道。

付磊撇撇嘴，對於這個，他第一次從窗戶角看到那隻貓眼的時候就有這種感覺了。

鄭歎帶著付磊父子倆過來的時候，焦遠他們正在做熱身，周圍一些踢球或者慢跑的人已經對這幾個孩子比較熟悉了，有的人還過來打招呼說兩句話，再次談談「想當年」。

將人帶過來，鄭歎就跳上臺階，趴在小柚子旁邊，準備看他們訓練。

焦遠他們除了試一試長跑之外，還要看看短跑的效果。運動會最後的壓軸大戲四百公尺大隊接力是個重點，除了配合之外，還要確定一、二、三棒以及最後衝刺的人。

熊雄將付磊叫過去一起商量，付爸在旁邊，坐在最下面那層臺階上，看著幾個孩子，有時候也看看運動場周圍的景象。鄭歎瞧著，他估計又在感慨什麼了。

焦遠他們和付磊一起跑了兩圈之後，停了下來，而付磊接著開始跑第三圈，看那樣子，他還可以再跑幾圈。

付爸就在旁邊笑著看向跑道上的付磊，就算平時下手打得厲害，但這時候確實挺自豪的，至少自己的兒子還是有優點的嘛！

付磊跑了四圈才停下來，雖然看上去累得厲害，但鄭歎覺得這小子其實還能繼續跑下去，只不過今天是第一次跑，留點體力而已。

見付磊慢慢走過來，熊雄幾人圍上去又是遞水又是遞毛巾的，坐在邊上的付爸笑得眼睛都瞇到看不見了。

週四晚上又訓練了一次，以接力為主，班上還有個住附近的孩子過來，加上焦遠、蘭天竹和付磊，四人跑接力。跑得最快的還是付磊，熊雄讓付磊跑最後一棒衝刺。至於熊雄他自己，肯定跑不動，他只是力氣大而已，擲鉛球就好。

週五一大早，焦遠和焦媽出門之後，小柚子有些不情願地去了學校，今天有八百和一千五的比賽，可惜她不能去看。

鄭歎目送小柚子進附小之後，就往焦遠他們學校趕，這次在圍牆上他沒有慢悠悠散步，一直小跑著。

有一隻大花貓趴在圍牆上，估計是剛出來覓食完，止蹲在那裡垂著頭，舔著爪子抹抹臉。突然，牠耳朵動了動，受驚一般望向圍牆另一端，而就在牠看過去的時候，一個黑影跳起，從牠頭上躍過，牠的視線隨著那個躍起的身影移動，抬頭、扭頭，然後看向背後已經落到圍牆上，繼續往遠處跑的黑色身影。牠瞧了幾秒，可能是想起來爪子還沒舔完，扭回頭準備繼續舔。

快到焦遠的學校時，鄭歎加快了速度，前面還有一隻剛跳上圍牆的大貓，還正打著哈欠，鄭歎沒減速，衝過去又是一個跳躍。

那隻正打哈欠的大貓還準備伸個懶腰，結果被鄭歎這一舉動嚇著了，腿上一滑，差點從圍牆上跌下去，重新爬上圍牆之後，瞅了瞅跑遠的黑色身影，抬起後腿撓了撓耳朵，甩甩腦袋，看著過往的人群自娛自樂。

街道上來去匆匆的人，沒有誰去特地注意圍牆上奔跑的黑貓，或許他們早已經習慣在牆頭看到貓了，白貓還是黑貓都無所謂，沒什麼值得關心的。

這片地區，人與貓，總是各自維持著屬於他們自己的生活節奏，互不干擾。

第三章

運動會司令臺上的那隻貓

鄭歎來到焦遠他們學校操場的時候，運動會開幕式正在進行，放眼望去，運動場上是一個個穿著校服的方陣。

掃了一圈，鄭歎沒發現周圍有高大的樹木或者適合的地方能去觀看運動會。最後，鄭歎將視線落到司令臺後方那面背景牆上，現在牆上貼著巨大的宣傳海報，最上方還掛著橫幅布條。

鄭歎從旁邊的臺階走過去，從側面看了看，背景牆雖然不算很厚，不過那個寬度足夠他蹲在那裡看運動場的情況了。

這時候，校長正站在司令臺上講話，所謂的「簡單說一下」，已經持續二十分鐘了，下方站著的方隊中很多學生已經不耐煩，交頭接耳，被班導師瞪一眼後，收斂了些，過會兒又繼續開始小聲嘀咕，那怨念鄭歎離這麼遠都能感受到。

不過很快，一些學生就注意到往司令臺靠近的那隻黑貓，小聲說話的學生也停下了，一直盯著那隻黑貓，這可比聽校長講話要有意思多了。

焦遠原本還跟站在旁邊的蘇安用只有他們自己人知道的暗號聊著，突然站後面的付磊戳了戳他，下巴點點前方說：「看司令臺旁邊！」

聽到付磊這話，焦遠還奇怪著到底有啥事，結果一看過去就瞧見自家那隻貓正站在最上面一層臺階，昂首闊步朝司令臺那邊過去。

蘇安他們幾個也都看到那一幕，城市裡的黑貓很多，但幾人一見到那貓就確定是焦遠家的那隻，除了他家的貓，沒見哪隻貓這麼大的膽子在眾目睽睽下淡定地往司令臺跑。

焦遠眼角抽了抽，他聽焦威說過軍訓時候的事情，自家貓現在肯定是找到好地方準備旁觀了，就是不知道會不會造成一些比較尷尬的影響。

鄭歎沒管別人怎麼想的，來到司令臺旁邊之後，就直接跳上那面背景牆，掛著的橫幅比背景牆最上面還高一點，鄭歎蹲在後面，外面的人只看到一個黑色的貓頭。

站在司令臺上講話的校長絲毫不覺，還在那裡說著：「運動場上，友誼第一，比賽第二……」

鄭歎打了個哈欠，想著：這種屁話誰信啊！沒友誼在，比賽就第一了，不認識的人之間還談什麼友誼！

很多人說，打哈欠是會傳染的。於是，昨天過度興奮今天精神不足、聽著校長枯燥的講話帶著睏意的學生，在看到鄭歎連著打了兩個打哈欠之後，突然覺得睏意更濃了。

鄭歎無聊地扒拉一下擋在眼前的紅色橫幅，看著下面那個講話的校長微禿的頭頂，這是操勞造成的嗎？

等到校長終於講話完畢，宣布運動會正式開始，一群人都鬆了口氣。

司令臺上坐著一排人，作為第一個項目的評委。

鄭歎沒想到的是，第一個項目是廣播體操。而且只有一年級的學生有這個項目，二、三年級的學生都沒有。

一年級十來個班，並不是按照班級順序來的，完全是抽籤，這樣公平些，什麼時候出場大家也就沒有那麼多怨言了，全憑運氣。

焦遠他們一班的排在第四位，還算不錯。

二、三年級的方隊已經離開，或者在周圍觀看著，運動員們正在做一些熱身，同時也看看一年級的人做自己當年經歷過的傻事——很多人覺得認真做廣播體操的時候，人看著特傻。

鄭歎趴在背景牆上面，探出頭往下方瞧。

很多人因為在校長、老師與教職員的眼皮子底下，而且還是比賽，很努力要去做好每一個動作，可是過頭的話，會顯得有些僵硬，而且配上那些嚴肅的帶著稚氣的臉，鄭歎真的很想笑。

不過，鄭歎想看的重點還是焦遠他們那個班的表演。

第三個班過來的時候，第四個班做準備，站在旁邊等候，而熊雄那個傢伙就站在隊伍前方。

依鄭歎剛才所見到的那幾個班的情況，站在最前面的就是領操的同學，無關班級幹部職位，不一定要是體育股長。前面幾個班級領操的都是一個個漂亮的小女生，結果突然這個班就出現了一個「野獸」。

好不容易等到焦遠他們班的時候，鄭歎覺得，這還沒開始呢，焦遠他們就感覺有點僵硬了。

和鄭歎想的一樣，焦遠一看到自家貓在上面瞧著他就感覺渾身不自在，怎麼總覺得自家貓在等著看自己笑話呢？

焦遠現在終於體會到當初楚華大學大一軍訓那段時間焦威的心情了。

其實，焦遠應該慶幸這次只有鄭歎一個，沒有其他貓過來。

音樂響起，熊雄那個膘肥體壯的傢伙，穿著校服，戴著白手套，一本正經地站在前面領操。

雖然看著有點那啥，不知道的人一定會認為這是他們班導師的錯誤之舉，但這恰好是他們班級班導師的高明之處，讓熊雄領操其實也有「刷臉」的效果，坐在司令臺上的不少人都認識熊雄，還沒開學的時候，熊雄他媽就接觸過這些老師和教職員了。

坐在最中間的校長看著熊雄的時候，臉上還帶著笑意，顯得很親切，剛才過去的那個班級的領操員可沒這待遇。

可惜熊雄壓根沒注意到校長，難得繃著一張臉。鄭歎還是想笑。

每個班級的時間也就五分鐘左右，一個小時便全部結束了，焦遠他們班排第一，以輕微優勢領先第二名。一班的班導師帶著微笑，鄭歎總覺得那笑意帶著點深意，果然能當班導師的都不是簡單角色。

廣播體操結束之後，正式的比賽就開始了。

第一天上午是一百公尺和一千五百公尺，沒有焦遠參加的項目。

熊雄是希望付磊能跑一百公尺，可惜每人限報兩個單人項目，只能放棄一百公尺的了。好在班上報一百公尺的人能力還行，就算不出眾，班導師的要求是盡量爭取前八名，因為只有前八名才計分，第一名至第八名分別按9、7、6、5、4、3、2、1計分，最後一項接力賽則雙倍計分。

一百公尺比賽有預賽，而一千五百公尺就直接一次定勝負了。

付磊背後掛著號碼牌，正在熱身，一百公尺預賽之後他的一千五百公尺就要開始了。在付磊周圍只有焦遠他們幾個，其他人要麼去看一百公尺預賽，要麼坐在屬於自己班級的區域當啦啦隊，或者看看書。

司令臺上的那些老師與教職員已經離開，坐在那裡的是學校廣播臺的人，以及那些過來想透過麥克風為班級運動員加油的一些學生。有幾個學生想去戳戳鄭歎，可惜背景牆太高，他們搆不著，只能扔一扔紙團，鄭歎無聊的時候也跟幾個小女生玩了下拍紙團遊戲。

焦媽提著一袋礦泉水去找焦遠時，指著司令臺上正跟幾個小女生玩得興起的貓，問道：「焦遠，我們家黑碳怎麼在那裡？」

焦遠很無奈的說：「牠喜歡看熱鬧。」

一百公尺的預賽之後，一千五百公尺預備。

一年一班的人都知道自己班上唯一一個跑一千五的，就是那位傳說中打架很厲害還愛蹺課的壞學生付磊。很多人其實並沒有多少加油的熱情，只是上午這時候就只有一千五百公尺的項目，之後才是一百公尺決賽。

一些看完一百公尺預賽的人坐在旁邊悠閒地嗑瓜子，說說剛才的見聞，八卦一下哪個班的誰誰誰果然跑了第一。

陪著付磊到一千五百公尺起跑點那裡的只有焦遠和熊雄他們幾個人，付磊對於其他人是否來加油一點都不在意，反正都是些無關緊要的人。

鄭歎側躺在背景牆上，頭隨意地擱在邊沿，看著旋轉了九十度的世界，偶爾因為吹過的風拂動耳部的毛覺得癢癢而抖兩下耳朵。

一千五百公尺比賽現在才剛開始，付磊和其他班的人靠得比較近，十來個人排成一條繞著內道跑，付磊屬於中間靠後的。不過，鄭歎看他那樣子就知道他壓根沒有什麼緊張感。

第一圈的時候，出聲加油的人沒多少，繞著操場一圈只有偶爾聽到幾聲叫喊，但是慢慢的，第二圈、第三圈的時候，十來個人之間的差距越來越大，一些班上有人已經著急了。

第三圈的時候，有人自動退出，而有的人就算是落在最後、跑得很慢，也在堅持著。

付磊排第五，前五名都靠得比較近。一班有人興奮了，就算是最後第五的話，班上也可以加四分的。

第四圈的時候，加油聲大了。學校運動場跑道一圈是三百多公尺，一千五百公尺要跑四圈多一點，而很多人喜歡在最後一圈開始加速，現在前兩位已經開始加速了，後面的人也不甘落後，除了付磊。

眼看著付磊快被第六位超過，一班的人急了，嗑瓜子的人也坐不住，擠到跑道邊上跟班上其他人一起喊著加油。

鄭歎看了看焦遠他們那邊，那幾位瞧著比誰都尿急，臉都憋紅了，但卻沒出聲，直到付磊明顯開始加速的時候，憋了許久的幾人才開始粗著脖子大吼，恨不得自己上去替跑。

終點線已經拉起，付磊的速度越來越快，第四名和第三名也感覺到壓力，但腿卻不聽使喚，他們已經快到極限了。

由焦遠他們那裡開始，帶動著一班的人開始為付磊加油，石蕊直接跑到司令臺那裡將播音員手裡的麥克風搶過來配合著焦遠他們的節奏喊加油，被坐在那裡的播音員瞪了幾眼也沒理會。

還有一些湊熱鬧的二、三年級學生跟著喊，吼幾聲之後才問旁邊的一年級：「誰是付磊？」

那位戴著眼鏡的不知道幾班的學生扶了扶眼鏡，「依照他們喊叫的聲音，要麼是前兩個，要麼就是後面那個跟打了興奮劑似的往前衝的人。」

付磊第一次感覺到自己強烈的存在感，他聽那些人喊著：「付磊——加油！」

這好像是第一次，他付磊的名字，在這種大場合下被這麼多人喊出來。不再帶著那種疏離、不屑的眼神，不再用看壞學生的目光看他，在這一刻，他承載著整個班的希望。

團隊榮譽感是什麼玩意兒？

以前付磊一直不屑，但現在，他似乎明白了。不需要刻意的去做出什麼、去表達什麼，當某些事情發生，當情勢成熟，這種感覺很自然的、不受控制的就產生了。

本來覺得只是象徵性的東西，變成了實際存在的，所有的情緒得到了一個有力的支撐點，點燃消失已久的、對於爭奪第一的熱情。就好像回到了當初在那個小村莊，為了一個木雕獎盃而拚搏，只不過這次更甚。

鄭歎看著付磊那小子一直加速，很快逼近第二位，然後超越，繼續逼近最前面那個。

——這小子果然是深藏不露。

鄭歎聽焦遠說過，一年級的一千五百公尺參賽選手中，有兩個人加入了學校田徑隊，應該就是剛才跑在最前面的那兩個。

一班加油的聲音越來越大，他們都已經控制不住自己的情緒，其他一些遊散著到處竄的人也被這喊聲拉過去，加入啦啦隊大軍。

司令臺上一位播音員想將石蕊手上的麥克風奪回，石蕊一側身，避開那人的手，繼續握著麥克風喊，操場周圍一些其他班的人不知情，還以為校廣播臺的人偏心，其實坐在那裡的幾位播音員也一肚子苦水，看著一班的那位參賽選手開始衝第一，他們就沒再搶奪麥克風了，這時候根本奪不回來，這一年級小女生太強勢了。

鄭歎掃了眼司令臺上的情形，心裡也樂呵，然後將注意力重新放在最後五十公尺衝刺的付磊身上。

到現在仍保持著第一位的那個學生不愧是田徑隊的，衝刺的速度一點都不像是跑一千五百公尺的；而付磊卻是一匹黑馬，最後以兩步之距領先，獲得第一名。

雖然沒破紀錄，但得到這個項目的第一名，已經讓一班大感意外，歡呼了好久，本來沒抱希望的項目，卻成了最意外的驚喜。

鄭歎看著被焦遠他們扶著，被一班的同學簇擁著離開跑道的付磊，慢悠悠地晃了下尾巴。

——這叫啥……開門紅，第一滴血嗎？

這是到現在為止產生的第一個正式的第一名，一千五百公尺預決賽一錘定音。一班的班導師看著付磊的目光第一次如此平和還帶著笑意，讓付磊雞皮疙瘩都起來了，他覺得還是那個嚴肅的班導師比較正常。

一千五百公尺之後，一百公尺的決賽也很快開始了。

跑了個好名次的人就像是凱旋的英雄一般，享受著大家的簇擁和掌聲；而沒跑進前八的人，默默擠進混雜的人群，黯然離場。

看完上午的比賽，鄭歎起身準備回去，中午還得回楚華大學那邊陪陪小柚子，下午再過來。付磊這個可憐的傢伙還有八百公尺，估計會累到爆。除了付磊的比賽之外，還有熊雄的鉛球、蘭天竹的跳遠等等，下午的比賽項目多，不過鄭歎感興趣的也只有熊雄他們幾個人的比賽。

看著自家貓跳上圍牆離開後，焦媽才過來帶焦遠他們幾個孩子去教職員食堂吃飯，將付磊也一起帶上。

下午鄭歎過來的時候，運動場上已經開始比賽了。還是老地方，鄭歎跳上背景牆，伸了個懶腰之後趴在那裡，俯視著整個運動場。在這裡不怕被人擋住視線，就算是跳遠的比賽區域也能看到一些。

熊雄擲鉛球獲得第二名，與第一名差了一點點，為此他很鬱悶，半天下來除了為焦遠他們加油的時候，其他時間都板著臉。蘇安和蘭天竹參加跳高跳遠也都還行，雖然不在前三名，但鄭歎剛才聽播音員唸表揚稿，一個跳高第四名、一個跳遠第五名。

有了上午的事情，下午付磊跑八百公尺之前，很多同學都過來跟他說話，讓他盡力而為就行了，壓力別太大，畢竟上午的一千五百公尺就足夠折騰人的，下午還接著跑八百公尺。

八百公尺比一千五百公尺要短得多，或許因為上午的比賽太過疲勞，付磊只得了第三名。可是這個第三名也足夠一班的人高興了，至少能加不少分，現在一班的總分排在首位。

又看了一會兒運動會，鄭歎就起身先回去了，沒等焦遠和焦媽。焦遠他們幾個小子還會留在學校一會兒。

晚上焦遠回家後跟小柚子簡要說了下今天的比賽，然後早早上床睡覺了，明天他還要跑四百公尺和接力。

第二天的比賽，全家出動，焦爸和小柚子也一起來焦遠他們學校看比賽，反正今天週六，休息一下。

來到運動場後，鄭歎這次沒跑司令臺那邊了，跟著焦爸他們在周圍一個臺階上看比賽。熊雄他爸媽也過來了，還有教職員社區的另外幾位家長，都站在一起看，有時候也和過來的其他幾位認識的家長談談話。

上午焦遠的四百公尺預賽，小組第二名，夠資格參加下午的決賽。中午一大群人沒在教職員食堂用餐，熊雄他媽請客，在外面一間稍微高級點的餐廳吃午飯，這附近沒有太高級的餐廳，只能將就一下。付磊他爸媽沒來，不過付磊被一起帶著去吃飯。

吃飯的時候，幾個孩子湊在一起商量著下午接力的事情，並改變了原有的策略。

他們剛才離開的時候看了四百公尺大隊接力每個選手所站定的位置，估測了一下四段的距離，不知道是不是校方的失誤，第二段居然比較長，應該讓跑最快的人來拉開差距，這樣更節省時間。因此，原本負責最後一棒衝刺的付磊變為跑第二棒，速度第二的焦遠負責最後衝刺。

下午，焦遠的四百公尺決賽獲得第三名，他自己對這個成績已經很滿意了，預賽成績小組第二、總排名第五，沒想到決賽會再進兩步。

當其他的比賽項目都快結束的時候，就意味著最後、也是最重要的項目要開始了。

現在一班男子團體總分第二名，而女子團體總分第一名，而且甩開第二名好幾分，不出意外的話，女子接力也會有一個好成績，最終女子團體第一名是十拿九穩。

所以，現在一班的同學都希望男子接力能夠跑個好成績，這樣一班就能得兩個第一名了，說出來多威風啊！想想就激動！就連班導師那位鐵公雞都說了，拿到團體第一名的話，他出資贊助班費為大家買籃球等運動用品。

鄭歎站在焦爸的肩膀上，看著在跑道上開跑的學生。和焦遠他們說的一樣，付磊的短跑也很強，在第二棒的時候就將後面甩了一截。

其他班有人中途出現掉棒，也有出現失誤的，不管怎樣，大家都在盡力拚搏。

這個時候，氣溫已經開始下降，然而跑道上卻呈現白熱化狀態。

一陣風吹過，鄭歎迎著陽光看過去，瞇了瞇眼。

這兩天對別人來說或許並沒有什麼，只是很平常的兩天，區區國中生的運動會而已。可對於鄭歎來說，卻打從心底有了不同的感覺。

這兩天裡，這塊運動場上，沒有壞學生、沒有優等生之分；前天還為一枝筆吵架的兩人，今天能夠毫不猶豫將受傷的對方揹進醫務室；一直以為會界限分明的人，能夠扯著嗓門為對方加油打氣……

鄭歎回想了一下自己在這個年紀的經歷，記憶很淡，模糊不清，好像沒有很特別的印象。當年也有運動會，可是他好像和幾個狐朋狗友直接翻牆出學校，去了電玩遊樂場。

那時的鄭歎覺得不過是運動會而已，沒什麼好參與、沒什麼好看的，每年都會有運動會，沒什麼值得去注意的，為了那麼點不值錢的名次，跟傻瓜似的去拚、去哭、去笑、去鬧，何必呢？等以後上高中、上大學，誰還記得這些小小的國中生運動會？

可兩天下來，鄭歎發現，一些當年覺得索然無味的事情，變得不再索然無味。

鄭歎看到付磊跑完長跑之後被焦遠他們扶回休息區的時候，抹眼淚了；熊雄擲鉛球的時候，第一次差點砸到裁判；還有個跳遠的孩子，跳進沙坑的時候褲子滑下來了……

曾經的自己到底錯過了多少呢？

鄭歎看了看自己的毛爪子，再看了看那邊已經開始衝刺的焦遠，一班的學生已經準備好了迎接「雙冠」的喜悅。

重來一次，鄭歎自己只能作為一個旁觀者，看著那些在陽光下奔跑、跳躍、吶喊、揮灑汗水的身影。

鄭歎突然很羡慕焦遠他們。

這個時代、這個年紀的孩子們，還沒有那麼內斂，想的也不長遠，帶著單純而青澀的情感，只為此刻拚搏，只為此刻執著，走過從小學到國中的轉彎階段，肆意展示著他們的喜怒哀樂。

或許將來更為激烈、更為殘酷的競爭和生存的現實會讓他們變得市儈，變得學會戴著面具長久偽裝，但偶爾靜下來，或者在下班的時候，拎著公事包，拖著疲憊的身體，路過一所小學或者國中的時候，看著那些活躍著的稚嫩的身影，也會記得逝去的歲月裡那段純粹的、充滿了奮鬥足跡的時光。

人生幾十年，記憶有限，在回憶中有太多的時間會「流失」，但一直「存在」著的那些閃光點，不論明的暗的，在閒暇時拿出來看看，每一個都能讓自己回味許久。

額頭被拍了一下，鄭歎回過神來，看到焦爸正望著自己。

「黑碳，準備走了，回家。」

深呼吸，鄭歎伸了個懶腰，瞇著眼睛長長地打了個哈欠。

走了，回家。

◆◇◆◇◆◇◆◇◆

焦遠他們班運動會「雙冠」的喜悅一直持續著，幾個孩子準備去慶祝一下，也不去什麼大餐廳，就去焦威他家的餐館，熊雄想念那裡的鍋包肉了。

焦遠四人、石蕊，加上付磊，還有班上幾個孩子約好待會兒一起去焦威他家餐館，幾位家長也不會一直約束著他們，手頭有點事的都已經離開，焦爸說了待會兒他帶幾個孩子過去，用不著每個大人都跟著。

要離開學校之前，熊雄去了一趟廁所，吃喝拉撒乃人之大事，已經揹著書包的焦遠等人慢慢往校門口走，到校門外再等熊雄。

鄭歎蹲在校門口圍牆上，看著三三兩兩的學生往外走，有些意猶未盡地說著今天的事情，有些看上去比較沮喪。而焦遠他們正在聊著得到的獎金該怎麼花，那些都算進班費裡面了，不可能為他們一頓飯買單，所以就算想買也只能先買一些籃球、足球之類的。

「羽毛球拍也買幾副，也不用太好的那種，湊合著用就行。」石蕊在旁邊插嘴道。她們女生可不怎麼玩籃球、足球，頂多玩玩排球和羽毛球。

有幾個老師走出門，和焦媽打了聲招呼，估計也和焦爸認識，說了幾句話。那人原本準備離開了，卻看到蹲在圍牆上的鄭歎之後，指著他問焦媽：「這是妳家的貓？」

「對啊，這次跟著過來看運動會。」焦媽說道。

「哦，挺好，呵呵。」那人說完就和其他人一起離開了。

但焦爸感覺這人話裡的「呵呵」兩個字似乎涵義頗深啊！疑惑著，焦爸問了問焦媽，焦媽將從開幕式那時候的一些事情說了，焦爸默然，也難怪那些人會「呵呵」了，誰家的貓能在眾目睽睽之下跳上司令臺的背景牆，趴在上面看運動會？

正說著，熊雄從裡面跑出來了，焦爸將他的書包以及他媽留下的兩瓶飲料遞過去。

「走吧，孩子們。」焦爸招呼幾人，一同往焦威他家餐館那邊過去。

有自行車的騎自行車，像付磊這種沒自行車的就讓其他人載著，焦媽騎著車跟他們一起。焦爸今天並沒有開車過來，今天學校這邊人多，開車的人也多，很擠，連停車的地方都沒有，所以只騎了電動摩托車。

焦爸騎著電動摩托車，後面坐著小柚子，至於鄭歎，繼續蹲在電動摩托車的車籃裡面，調整了個舒服點的姿勢，將下巴擱在車籃邊沿，看著倒退的景物。

「哎，焦遠，你家這貓真聽話。我家也有一隻貓，將牠放進車籃就跟關牠禁閉似的，一刻都不想待在裡面，就算暫時待著，車一騎動，牠就會跳出去。所以每次帶牠去打針都是用籠子關著提過去的。對了，你家這貓吃什麼牌子的貓糧？看著很壯實啊！」焦遠的一個同學說道。他也是參與最後接力賽的人。

「我家的貓有些特別，不吃貓糧，跟我們吃一樣的食物。我們不吃的東西，牠也不吃。」頓了頓，焦遠又道：「陌生人給的東西也不吃。」

只不過焦遠後面那句話明顯有些不太確定，但他確實沒見過自家貓吃陌生人給的東西。對於這個，付磊深有體會，「上次給牠魚頭牠確實沒吃。」

「那你家的貓抓老鼠嗎？」那位同學繼續問道。

「當然！」

幾人一路聊天，從「誰家的貓好」談到「怎樣才能在拉大號的時候不被裡面的水濺到」這種跨度極大的話題。

好在這裡離得也不算遠，很快就到了焦威家的小餐館，之前焦爸手機沒電，用焦媽的手機打了通電話給小餐館，說了這事，焦威他爸手一揮，「行，讓他們都過來吧！」

等一行人到達的時候才知道，焦威他爸在店家門口掛著「暫停營業」的牌子，今天就專門招待幾個孩子。

「衛生費」的事情焦威已經跟父母說過了，只是略去了鄭歎這個特殊的因素，將主要原因歸結到焦爸和衛稜身上。為此，兩口子很感激，一直琢磨著怎麼感謝，今天接到電話後就果斷掛牌休息了，要好好招待幾個孩子。

「威威呢？」焦爸看了一圈，問道。

「他加入了一個什麼社團來著，最近不知道在忙什麼。聽說昨晚熬夜了，今天早上十點多才睡，現在估計還在宿舍，他說待會兒過來，這會兒應該起來了。」焦威他媽剛洗完菜出來，用圍裙擦著手說道。

鄭歎趴在店裡的一張椅子上，一旁石蕊和小柚子以及焦媽在打牌，外面焦遠那幾個渾小子要麼站著，要麼靠著自行車坐著，正聊得興起，就連平時不怎麼理人的付磊也漸漸融入其中。

鄭歎支著耳朵聽了聽，就沒興趣了，那群毛頭小子們的話題沒什麼意思，還不如看小柚子她們打牌。

焦爸跟焦威他爸媽聊了一會兒，便來到桌子旁邊，對焦媽說道：「估計還要等個十來分鐘，我先回去拿充電器，手機沒電，晚上還得送這幾個孩子回去，我怕到時候圓子有什麼急事又聯絡不到我。」

焦媽看著手上的牌，點了點頭，示意自己知道了。

鄭歎想了想，起身跳下椅子，跟著焦爸往外走。坐在這裡也是無聊，他還是出去遛一圈再說。

第四章

純天然的、百分百的原裝貓

焦爸騎著電動摩托車載著鄭歎一進到東教職員社區，鄭歎就聽到那個賤賤的聲音了，而樓下不遠處的一棵樹那裡還站著個人。

這人鄭歎還認識，之前被拐出去後回來不久，焦媽帶他去過附屬醫院社區，這人就住在那裡，好像叫白揚什麼的，也是當時焦爸和袁之儀他們要挖的人才。後來好像成功用高薪聘過去了，具體怎麼回事鄭歎不太瞭解，好久沒見過這人了。

白揚今天很鬱悶，大週六的，早上還跑去公司處理了一些事情，帶了兩份文件回來順便到楚華大學教職員社區這邊跟焦副教授討論一下，來這裡之後才發覺自己沒帶手機，估計丟在公司辦公室了，焦副教授的電話號碼他倒是記得，可是在大門警衛那裡打電話沒打通，大門警衛說今天社區很多人都去看國中運動會，不在楚華大學這一帶，要等吃晚飯才會回來。

白揚看了看時間，反正離晚飯時間也不久了，索性就站在這裡等著。

自打幫女朋友養了貓之後，白揚與貓親近了不少，有時候路上見到一些貓也會停下來去逗逗，可能養貓的人本來就比其他人容易和貓靠近，白揚逗過幾次貓，感覺還不錯。他今天走進東教職員社區，站在樹下等著的時候，看到從花壇那邊走出來一隻貓，不像是東教職員社區裡常見到的那幾隻。

白揚隨手扯了一根草來逗牠，可當這隻貓快靠近的時候，突然抬頭，然後像是見到什麼恐怖的東西一般，轉身撒腿就跑了。

白揚聽到動靜，扭頭往樹上看去，一隻藍色的鸚鵡站在那裡，帶著黃圈的眼睛正瞧著自己。

雖然貓沒影了，但見到一隻這樣稀罕的鸚鵡，白揚也挺好奇，他看了看周圍，沒什麼人過來，也不知道鸚鵡的主人在哪裡。

很多鸚鵡都會說「你好」、「再見」之類的話，白揚一時興起，就對著樹上的那隻鸚鵡叫了聲「你好」。

樹上那隻鸚鵡歪了歪頭，看著白揚，兩秒後也叫道：「你好！」

白揚興致來了，以前在花鳥市場也看過人逗鳥說話，確實挺有趣的。

「你好。」白揚又說了聲。

「你好！」樹上的鳥照樣回。

「你叫什麼名字？」白揚問道。其實他只是隨口一問，也沒指望這隻鸚鵡能聽懂或者回答自己。只是出乎他意料的是，樹上那隻鳥還真的回答了。

「你叫什麼名字？」一樣的問題從樹上那隻藍色的鸚鵡嘴裡說出來。

白揚愣了愣，然後一笑，這是鸚鵡學舌啊！

「我叫白揚。」白揚回答道，然後興味盎然地等著鸚鵡回答一樣的話。

可惜，白揚這次注定要錯了。

樹上那隻藍色的鸚鵡歪了歪頭，然後一抖翅膀。

如果鄭歎在這裡，一定會知道這時候這隻賤鳥想幹嘛了。

下一刻……

「一棵呀小白楊～長在哨所旁～～根兒深～幹兒壯～守望著北疆～～」

白揚：「……」這是要鬧哪齣？

一開始白揚還覺得新奇，畢竟他見過的能夠唱歌的鳥不多，而且這隻鳥唱的音還挺標準，吐詞和音調都很出彩，可這一開口唱，就停不下來了，一遍一遍地反覆唱。

第一遍白揚覺得新奇，第二遍覺得「呵呵」，第三遍白揚就覺得聒噪了。

「麻煩你別唱了！」白揚嘆道。

可樹上的鸚鵡只是停了一秒，繼續開唱。

白揚揉了揉額頭，往邊上走了一點，然後掏出菸和打火機，準備抽根菸。剛點上菸，白揚就發現樹上那隻鸚鵡不唱了，吸了一口菸，他再看過去，正準備說什麼，發現樹上那隻鸚鵡又歪了歪頭，看著自己這邊。

白揚突然有一種不好的預感。

果然——

「點燃一根菸～我的心像吐出的煙圈～～」

白揚：「……」這調……是八、九〇年代的吧？

鄭歎坐在焦爸的電動摩托車車籃裡進入社區的時候，就看到白揚手指夾著菸，卻沒抽，站在那裡一副想撞牆的樣子。而樹上那隻鸚鵡正唱著：「倒滿一杯酒～你的臉像蘋果般嬌豔～～」

白揚的臉現在確實很紅，但那絕對是被氣的。

見到焦爸騎著電動摩托車過來，白揚才從剛才那狀態恢復。

「焦老師，這鳥是……」白揚指了指樹上已經停下唱歌的鳥，問道。

「我們樓下一位老師養的，挺聰明，喜歡唱歌。」

「嗯，我已經領教過了。」白揚吸了一口菸，將手指夾著的菸使勁扔進路旁的垃圾桶。以前覺得養貓煩，現在才發現，其實自家那隻相比之下也還好。

在焦爸帶著白揚上樓的時候，鄭歎就蹲在樓下等著，沒想爬上爬下折騰。

至於樹上那隻聒噪的鳥，沒聽眾捧場牠也唱不起來，站在樹上看了看跳上樹趴著的鄭歎，視線在鄭歎的貓耳朵上停留了一會兒，被鄭歎威脅似的斜了一眼之後，「哼哼」兩聲，飛往社區其他地方找聽眾去了。

牠原本是準備欺負之前那隻貓的，沒想到會碰到白揚這個聽眾，相比起欺負其他貓，牠還是傾向於唱歌。沒歌唱才會去找欺負的對象或者躲在哪個角落看熱鬧。

鄭歎深知這隻鳥的尿性，在牠沒離開之前，他不會放鬆警惕，稍一不注意這鳥就會琢磨著咬貓耳朵了，所以直到將軍飛走，鄭歎才正式放下心，打了個哈欠。雖然沒吃晚飯，但也沒覺得太餓，剛才在焦威他家小餐館的時候吃了點花生，估計焦爸和白揚會在上面談一會兒話，這點時間他可以小瞇一覺。

只不過，鄭歎還沒瞇上幾分鐘，就聽到車喇叭響，聲音還挺熟悉。他一睜眼，往那邊瞧過去，正好看到方邵康那輛四個圈慢慢靠近。車窗開著，方邵康從車裡探出頭正往這周圍幾棵高大的樹上瞅，最後落到鄭歎身上，臉上立刻露出笑意，朝鄭歎招手。

今天開車的不是方邵康，而是另外一個鄭歎沒見過面的人，瞧著挺穩重，那司機臉上淡淡的沒有什麼情緒。

起身伸了個懶腰，抖抖毛，鄭歎跳下樹，來到車旁邊。

方邵康似乎沒準備下車，另一隻手上還拿著電話，見到鄭歎過來，示意鄭歎進車說話。

雖然疑惑，但鄭歎還是跳進車裡，來到車後座上坐定，然後帶著疑惑的眼神看向方邵康。鄭歎覺得，他這時候過來並不是要帶自己出去玩，如果有什麼安排的話，方邵康應該早通知過了，可鄭歎這段時間沒聽說有關於方邵康這邊的安排，臨時過來找自己出去玩的一般都是衛稜。

坐在車後座的方邵康仔細看了看眼前這隻黑貓，「喲，鬍子長得不錯了嘛，跟之前相比看起來好多了，這樣出去也不怕別人看出來。」

說著，方邵康還掏出手機翻了翻之前拍的照片，確定似的點點頭，然後在鄭歎掀手機之前將手機扔進口袋，說道：「今天從楚華大學旁邊的這條路路過，順便過來看一下，介紹介紹人，馬上要離開，就不上樓坐了。」

來之前方邵康已打了電話給焦副教授，不然也不會知道鄭歎就待在樓下的樹上，而那些要詳細說明的話他已經在電話裡跟焦副教授說過了，所以對鄭歎也只是簡單說幾句。

正待在五樓家裡的焦爸從陽臺上往樓下看了看，便進屋繼續跟白揚談事情。剛才他手機插上電源，開機沒一會兒，方三爺的電話就過來了，說是下週六有個活動，到時候想要帶自家貓出去遛一遛。

在焦爸跟方三爺通電話的時候，白揚在旁邊也聽出了一些內容，而且他進公司的這段時間也瞭解到一些事情，包括大老闆袁之儀辦公室的那個純黑的「招財貓」擺設。剛才焦副教授口中所稱呼的「方先生」，就是韶光集團的那位了吧？嘖，還真沒想到打過來的這通電話居然只是關於帶貓出去玩的，什麼時候交際應酬的工作都放貓身上了？這貓的業務比人還繁忙啊！

樓下，車裡，方邵康簡單的對鄭歎說了下週六要帶他出去玩，認識一些新夥伴，到時候派司機過來接他，畢竟方邵康肯定是沒時間的。而被方邵康委以重任的司機，便是此刻正坐在駕駛座的這個人。

「這是童慶，你先認認人，下週六會過來接你。他人不錯，心理也夠強大，還能開車能打架的，就是有點悶。」方邵康指著駕駛座上的人對鄭歎說道，然後又讓司機好好看看鄭歎，這天底下黑色的土貓那麼多，不熟悉的人容易認錯，但也知道一認熟，就再不會認錯了。

整個過程中，那位叫童慶的司機臉上的表情沒有太多的變化，不過眼裡還是露出了一點點的疑惑，或許不明白為什麼老闆要對一隻貓說這麼多，就這麼一隻貓，牠聽得懂嗎？

童慶是今年國慶連假後跟著方邵康從京城過來的人，以前在京城那邊為方邵康開過半年車，方邵康感覺這人還不錯，也夠穩重，應該能夠扛得住鄭歎這邊的心理衝擊，便把人調了過來。畢竟，不是誰都能接受一隻這麼邪乎的貓，並淡定接受還守口如瓶的。

鄭歎倒是無所謂，方邵康選中的人他也放心，反正只要不像龍奇那種就行了，太脆弱，禁不起驚嚇。

簡單說了幾句，認了人之後，鄭歎就跳出車，看著方邵康的車子離開社區，爬上樹又趴了會兒，等焦爸下來才一起出去吃飯。

接下來一週，知道鄭歎被方三爺邀請出去玩，焦媽往小郭那邊跑了好幾次，琢磨著怎麼才能讓自家貓看上去有品味一點，畢竟論品種、論血統，那些名貓都能甩鄭歎好幾個國度。像方三爺那種級別的人，養的貓肯定都是名貓。

名寵配名人，帶得出去，拿得出手，真如方三爺這樣「親民」的人肯定不多。

當然，焦媽絕對不是嫌棄鄭歎這個「田園」血統，她就怕到時候鄭歎被別人笑話。或許別人會看在方三爺的面子上不說什麼，但一想到自家貓會被一群人嘲諷地看著，怎麼樣都覺得難受，所以這一週的時間焦媽就盡想著怎麼來幫自家貓打扮一下。

可惜，鄭歎對於焦媽的那些想法一點興趣都沒有，他不是長毛，就算去小郭那裡做個寵物美容也沒什麼變化。他對什麼小馬褂、小領結之類的也遠遠避開，穿戴著那些小玩意兒感覺渾身不對勁，都披著一層純天然「皮大衣」了，還需要什麼小馬褂？！

焦爸倒是淡定很多，雖然他不太明白方邵康的想法，但他相信方邵康不會讓自家貓出事。鄭歎也覺得沒什麼好擔心的，就只是去玩玩而已，用得著那麼緊張嗎？又不是第一次被帶出去玩。

◆◇◆◇◆◇◆◇◆

在焦媽琢磨著怎麼幫鄭歎打扮的時候，方邵康的辦公室裡，趙樂坐在辦公桌另一邊。她早就收到了週六的邀請函，她父親沒時間，去了外地，所以她會代替父親過去走一趟。而前兩天在楚華大學的時候遇到焦副教授，知道焦家黑貓也被邀請，她就不明白了。

趙樂知道大概有哪些人會過去，其中也有那麼幾位比較喜歡寵物、去哪裡都愛帶著的，但那些都是名寵，把「田園」血統的黑碳帶過去這是要幹什麼？

雖然覺得這樣做不好——趙樂的想法和焦媽差不多——但以她對方三叔的瞭解，知道這人有時候做法比較極端，或者比較亂來，說得不好聽一點，那叫胡鬧瞎攪和，可結果總讓人意外。方邵康的業界神話在於，他的思維總在別人想不到的時候，往匪夷所思的方向拐兩下。

在憋了兩天之後，趙樂實在憋不住了，才跑過來問問三叔到底是個什麼想法。

方邵康看完手上的一份報告，慢悠悠合上資料夾，才看向趙樂，道：「上個月跟妳爸聊天的時候，妳爸提到一個有趣的故事：為了提高運輸時那些喜靜又容易缺氧窒息的沙丁魚的存活率，會往裡面放上一條肉食性的凶猛魚類，比如鯰魚。」

「著名的鯰魚效應。」這個趙樂知道，在管理上比較常見的一種手段。

方邵康沒針對這個鯰魚效應多說，而是問道：「妳不覺得每次像那種聚會太死板了嗎？每次都是那些人，看著一團和氣，公式化應酬，太無聊了。」

無聊嗎？也不是，至少趙樂覺得每次這種聚會都還挺成功的，相互捧場、強化關係網路、製造一些合作機會等等，而且一般像這種性質的聚會，不都是這樣的嗎？又或者，直接點說，方三叔這是覺得不夠亂？

「所以嘛，我就覺得妳爸講的那個故事太有道理了！」方邵康撥動了一下桌面上那個印著貓圖案的不倒翁笑道。

趙樂：「……」那話不是這麼理解的！

「我爸絕對不是這個意思！」趙樂又強調道。開玩笑，若真的出了什麼亂子，這頂帽子要是扣到自己父親頭上，那還得了？

其實當時趙董事長說出鯰魚效應這個故事的時候，只是暗喻方邵康而已，他覺得方邵康才是業界裡那條最大的鯰魚，方邵康的那些新、奇、異的觀點和行為，以及習慣，早已經在無形之中對業界形成了一種刺激。

就像趙董事長說的那樣，方家老三，說好聽點，那叫奇才，說難聽點，那叫怪胎。同樣的事情，同樣的故事，然而思考問題的角度不同，發現問題和解決問題的方法也會大相徑庭。

看著桌面上晃動著的不倒翁，方邵康抬起手臂揉了揉脖子，又說了幾個被邀請過去的人名，最後感慨道：「與世沉浮，打屁聊天，一成不變的模式，乏味了啊。」

「三叔，會出亂子的！」趙樂很認真的說道。想了想那幾位被邀請的人，她只覺得頭大，比之前想的還糟糕，希望到時候不要太亂才好。這不僅僅只是焦家黑碳的問題，就算沒有黑碳，估計也不會安寧。

「不會，我對牠有信心。」

至於方三爺和趙樂談論的起始話題的鄭歎，在焦媽每日的嘮叨中，挨到了週六。

◆◇◆◇◆◇◆◇◆

早上吃過早飯，休息一會兒之後，被方邵康委以重任的司機童慶按照約定的時間準時來到了樓下。

鄭歎還是沒穿戴那些焦媽帶回來的小馬褂和領結，掛著的貓牌也放到大胖牠家。

他從打開的車窗跳進車內，在後座上找了個舒服的姿勢趴下，然後被帶著離開。

就像方邵康介紹童慶時說的那樣，這位司機心理強大，但就是人比較悶，開車也不說話，連音樂都不放，頂多是聽聽交通廣播電臺；就算他對鄭歎好奇，一開車，幾乎所有的精力就放在駕駛上面了，開得也穩，這倒是盡職盡責，不像衛稜，總有說不完的話題，嘮叨個沒完。

此行的目的地離楚華大學有些遠，是個韶光集團開發的花園別墅區，一期工程落成，為了慶祝，方邵康請了些人過來聚聚。

負責在外面接應和安全檢查的人認識童慶，也認識這輛車，往裡掃了一眼，沒見車裡有什麼人，心裡奇怪，自家老闆的車早就到了，現在童慶還開車過來幹什麼？但也沒深究，他們還有其他任務，顧不上童慶這邊。

童慶停好車之後，沒開車窗，而是下車為鄭歎打開車門。

鄭歎心裡有點小激動，沒想到變成貓之後還有這種待遇，跟著衛稜出去玩的時候基本上他都是跳車窗的。

可是下了車之後，鄭歎那點點激動的小情緒就沒了。

停車的地方，周圍還站著一些人，那些人觀察著每一輛開過來的車，然後懷揣著激動的心情瞧瞧從裡面走出來的那些平日裡難得一見的人，就算是寵物，那也是難得的名寵，比如在這之前那輛車裡面下來的那隻豹貓，那貓不只長得惹眼，脖子上的貓牌上還鑲鑽呢！

可相比之下，眼前這對組合……

司機，普通司機。

貓，田園貓，俗稱土貓。而且還沒什麼彰顯身分的裝飾物，連個閃瞎狗眼的貓牌都沒有。赤裸裸的，感覺這層級陡然就掉得一塌糊塗。

他們眼中的鄭歎，文雅點描述：身在外，不著寸縷。

而將他們眼神裡所表達出來的意思通俗翻譯出來就是：臥槽，那裡竟然有個臭不要臉的！

那些人覺得，在這種場合見到一隻這樣的貓簡直是拉低身價。這種隨處可見的家貓平時在外閒逛就算了，居然跑到這種地方來，簡直是丟主人家的臉。不過，就算鄙視，他們也沒輕率出言，沒弄明白之前，他們即便有自己的想法也要壓著，或許有些名人就喜歡養這種貓，沒辦法。

其實鄭歎也納悶，評價一隻貓的價值需要用貓牌或者項圈，以及那些特製的小衣服之類的東西來評價嗎？

難道穿著貓禮服、戴著領結，就能說明這貓頗具紳士風度？穿著堪比黃金聖鬥士的鎧甲就能顯示牠的威武雄壯、氣勢逼人嗎？

——去你奶奶個爪爪！

——爺就這樣，輕裝上陣，純天然的，百分百的原裝貨！

鄭歎一扭頭，抬腳往前走。

旁邊的童慶將這一切盡收眼底，微挑了挑眉，什麼話都沒說，也沒再多看那些人一眼，只跟著前面的黑貓走。

鄭歎不想理會那些無聊的人，不過，要說心裡一點都不在意，那是不可能的，但這裡不是鬧事的地方，場合不對，今天過來的人應該很多都是楚華市的知名人物。倒不是鄭歎說有多怕，主要是以他現在的身分地位，一點小情緒還是忍忍的好，不然給方三爺找麻煩不說，估計焦家那邊也不會好過。

——算了，這點小鬱悶到時候去找方邵康要點什麼東西補償回來。

鄭歎可不是吃虧不撈好處的主。

一邊思量著，鄭歎往前走。沒走幾步，又一輛豪車駛過來，加長的，夠氣派，後面還跟著幾輛車。周圍的那些人也不再注意鄭歎了，都瞧著那邊。

鄭歎只是好奇的往那邊瞟了一眼，正好看到一個老熟人從車裡走出來。

真沒想到葉昊會來這裡！

葉昊從車裡走出來之後，並沒有立刻離開，而是攙扶著車裡的一位老人出來。

老頭頭髮花白，穿著一身唐裝，杵著根枴杖，看上去精神不錯，鄭歎覺得這老頭壓根用不著枴杖也能走得穩當。

動動耳朵，鄭歎聽到周圍有些人小聲的談論，話語帶著些許激動情緒。

——唐七爺？

重新打量了一下那老頭，鄭歎聯想到爵爺，那廝抱的大腿好像就是這老頭。還不錯，這大腿能夠讓爵爺安定不少，就算是一開始葉昊不太願意，只要這老頭點頭，葉昊也沒辦法。

剛想到爵爺，鄭歎就看到牠從車裡走出來了，脖子上掛著塊貓牌，不知道是什麼材質，估計不僅僅是身分名牌而已，就像鄭歎平時戴著的電子感應卡一樣，可能還有其他什麼作用。

不過，就算爵爺不戴貓牌之類的裝飾物，光是外表就能加分不少，至少站在周圍的那些人不會用看低劣品的眼神看牠。

爵爺也是一副老子很跩的樣子，抬頭挺胸，貓步走起。

「臥槽，那是唐七爺吧？當年風雲一時的大人物啊！」

「唐七爺身邊的那隻是什麼動物？貓？」

「唐七爺從哪裡弄來的野生獸？以前好像沒見過這種的……」

「之前來的一位也帶著一隻大貓，不過個頭比這隻稍微小一點……嘶，我怎麼感覺這隻……貓……的眼神，讓人心裡慌呢？」

「我也是！莫非這就是所謂的殺氣？」

「不愧是唐七爺的貓，沒有那些寵物貓的嬌貴感，真他媽酷！」

鄭歎聽著那些人的談論，扯了扯耳朵，扭回頭繼續走。

爵爺走出來的時候就看到鄭歎了，尾巴彎著甩了兩下，又看看唐七爺和葉昊，還是安安分分待在旁邊。

「那貓是誰家的？」唐七爺側頭問葉昊。他也瞧見那隻黑貓了。

不怪他好奇，就今天這種場合，見到一隻看上去相當普通卻還帶著保鏢的貓，總覺得怪異。

雖然很多人覺得童慶就是個普通司機，但唐七爺畢竟是老江湖，眼力可厲害了，看貓不行，看人還是有準頭的。

葉昊臉色古怪，湊到唐七爺耳邊小聲說了兩句。

唐七爺眼裡異色一閃，再瞧瞧頭也不回、穩步向前走的那隻黑貓，「原來就是牠啊。」

正準備開口叫住前面那隻黑貓，唐七爺又聽到有人喊自己名號，一瞧，還是老朋友，便暫時放下鄭歎這邊，跟另一位剛到的人交談起來，步伐慢悠悠的，離前面的黑貓越來越遠。

鄭歎和童慶被這邊負責引路的人帶到目的地之後，粗略掃了一眼。這邊的綠化很不錯，草坪上有一些長桌，擺放著各種食物，在這邊的主要是幾個小孩子還有一些年輕人，至於主要人物們估計在室內交流。

這裡也果然和方邵康說的一樣，很多「同類」，有貓有狗，還都是名貴品種，比如那隻戴著鑲鑽貓牌還有專人伺候的豹貓，比如被某位性感熟婦抱在懷裡的那隻喜馬拉雅……

相比之下，鄭歎覺得自己果然是土得很。

除了貓之外，還有一些名犬。幾隻大型犬被人帶著，離這裡有些距離，卻一直虎視眈眈瞧著這邊，估計也是訓練過的，沒有一直狂吠。不過看那樣子，只要有機會就會過來對這邊的貓咬上幾口。

在這邊竄動著的是一隻幼犬，雖然年紀尚幼，但個頭已經很大了，至少比鄭歎大，就跟當初剛到東教職員社區的聖伯納犬小花一樣，以後肯定都是大塊頭。與聖伯納犬不同的是，這小傢伙的脾氣可不溫順，旁邊一隻大貓正趴在椅子上撩撥牠，小傢伙跳又跳不上去，只能吼兩聲，然後咬椅子腿。

鄭歎看了看趴椅子上的那隻大貓，花紋挺像豹子的，不過那對大耳朵與豹子和豹貓都不同，倒是接近電視上看的那種藪貓。不過，在這個國家的大城市裡養藪貓沒問題嗎？或者，這是藪貓和其他貓的混血品種？

後者的可能性大一些。

那隻大貓身上有皮圈，繩套與普通的家貓不同，與遛狗的那種倒挺像。

當鄭歎在外面遛的時候，不遠處的那棟別墅裡面，方邵康正和幾個人在聊天。趙樂也在這裡，不過論輩分，她算是小一輩的人了，大部分時間都在聽而已，沒主動出聲。

這些人聚一起也沒談什麼商業機密，說最多的就是自己養的寵物了。

「老劉，前段時間不是聽說你弄了隻鐵包金嗎？可今天我見你帶過來的可是一隻紅獒啊！」方邵康對其中一人說道。

「鐵包金那隻幼崽送人了，我自己又找了隻大獅頭紅獒。」老劉應道，「就是現在還太小，沒那麼威風。」

「聽說現在很多人用青龍犬糊弄人的，老劉，你可得多注意點。」一位四十多歲的人說道。

「嘿，我是那種能被隨意糊弄的人嗎？！」老劉瞪眼。

「對了，王斌，你二叔養的那隻狗是什麼狗？」方邵康轉頭問向一名二十多歲的年輕人。

「下司犬，我爸一個戰友送的崽，不方便養，就給我二叔了，現在二叔他們有時候帶兵訓練都將狗帶在身邊。」名叫王斌的年輕人笑著回答。

「喲，現在那邊還真的有人養下司啊！」老劉笑了笑，不做評價。

「我看過幾次照片，那狗每次身上髒兮兮的，你二叔讓牠每天跟著他的那些兵一起在野外打滾嗎？」方邵康回想了一下那些照片，疑惑地問。

王斌搖搖頭，「二叔說，養牠是做『警衛』和『打獵』用的，渾身髒那才正常，證明一直在幹活，沒偷懶。」

「下司犬也並不是條條都能打獵的，就算父母都是優秀獵犬，生出來的小狗也難得有那麼兩條能帶出手。」老劉感慨，當年他也養過，可惜最後以失望告終。

「哎，我說你們一直談狗幹什麼，說說貓嘛。」一直坐在邊上抽菸、有些肥胖的中年人，將菸蒂摁滅在菸灰缸裡面。

「爺們還是更喜歡狗，貓有什麼好養的？嬌氣，脾氣也不好，不夠忠心。」老劉哼哼道。

「大貓不錯。我有次出差，那邊有個鬥狗場，賭狗的，那天我運氣好，瞧了場好戲，一隻獰貓幹死一條比特，怎麼樣，吃驚吧？」

「說這些有什麼用？就算那大貓再厲害，你能光明正大的養？」老劉打擊他。

雖說用點手段肯定能養，但也別太高調，該低調的時候得低調點。

「所以我才退而求其次。過來過來，讓你們瞧瞧！」肥胖的中年人招呼幾人到陽臺那裡，指了指下方長桌那邊正趴在椅子上悠閒逗狗的大貓，得意地說道：「怎麼樣，漂亮吧？夠威風吧？老劉，看你那小狗被逗得，哪還有大獅頭獒的威風！」

老劉臉色不太好，又哼了一聲，「你等我那大獅頭獒長大了再試試？」

「那也拿我的貓沒辦法，我那貓又不是傻子，夠靈活，誰讓狗跳不高還不會爬樹呢！」肥胖的中年人聲音有些飄，顯然現在得意得很。他跟老劉因為之前幾個工程項目有點間隙，能打擊一下就不放過機會。

老劉黑著一張臉，但突然想到什麼，說道：「你這貓個頭確實比普通貓大，但我這麼說吧，論戰鬥力，在我們楚華市，你這貓頂多只能排第三。」

「第三？」肥胖的中年人語氣不太好，顯然對這個第三名不滿意，自家這貓雖說比不上在鬥狗場見到的那些大貓，但在楚華市的寵物貓裡面，保守點的話不說第一名，第二名總行吧？怎麼可能排第三？！

「我見過聶十九的那隻大貓，你這貓肯定比不上聶十九的那隻，可我還聽說，聶十九的那隻大貓在唐七爺的貓那裡慘敗，我雖然沒見過唐七爺的那隻大貓，但論第一，肯定是唐七爺那隻，聶十九那隻排第二，至於你這隻……呵呵。」

方邵康站在旁邊點燃一根菸，面帶微笑聽著他們的談話，看到窗戶下方的情形之後，抽菸的動作一頓，但隨即又恢復自然，對旁邊遞眼神的趙樂視而不理。

趙樂原本只是準備看看所謂的大貓，結果第一眼就瞧到正漫不經心閒逛的黑貓，笑意還沒揚起，就看到趴在那裡逗狗的那隻大貓跳上長桌，盯著黑貓的方向，悄然往那邊接近。趙樂頓時心裡一緊，想讓方三叔出面阻止一下，畢竟在這裡，她出聲肯定比不上方三叔來得有效。

正準備跟老劉大肆理論一番的肥胖中年人也止住話題，他看到自己那隻大貓正準備「狩獵」。他太瞭解自己那隻大貓了，一個動作就知道牠想幹什麼，而此刻牠這樣的行為，明顯是為了給「獵物」一個教訓，足夠狠的教訓。至於被牠瞧上的「獵物」，就算不死不殘，傷筋動骨流血少肉之類的肯定免不了。

「瞧著吧，讓你們開開眼界！」肥胖中年人話音裡帶著抑制不住的激動。他早就想尋個機會讓自己那隻大貓顯顯威，沒想到現在就有送上門來的機會。至於那隻黑貓，看著沒什麼特別的，不知道是哪個蠢貨養的，就算咬死也沒大事。

下方一些人也等著看好戲。有幾個人看了看自家老闆的方向，見老闆也沒什麼特別指示，便由著牠們。

童慶早察覺到周圍人的異常，微微側頭，餘光發現了長桌上那隻正在悄聲接近的大貓，皺皺眉，看了看走在自己前面的那隻黑貓，想著要不要提醒一下，可這是他第一次遇到這種情況，人還好，放到貓身上就拿不定主意了，他不確定這是貓與貓打交道的方式，還是具有威脅的攻擊。

——算了，先看看情況再說，如果真的是威脅攻擊，再出手解救也行。

童慶思量好之後，便注意著那隻大貓以及前面那隻黑貓的動作。

那隻大貓在快速接近的過程中，周圍人根本沒聽到聲音，牠跳過被孩子們拖到桌子邊沿的碗碟，躲過一個孩子扔過來的乒乓球，時快時慢，每次停頓的時候都注意著獵物的情況，準備隨時隱匿或者撲出去。

站在陽臺那邊看著的肥胖中年人臉上帶著自信的微笑，他相信擁有著藪貓血統的那隻大貓，也繼承著藪貓的伏擊能力和捕獵的高成功率，再加上自己到現在有意的訓練，對付這種小家貓真是簡單至極。

在眾多人的期待中，那隻大貓終於動了，從長桌上一躍而下，撲向離長桌不遠的鄭歎！

鄭歎一開始確實沒注意到那隻大貓，他正看著周圍的景物，不過，他很快就察覺到不對勁了，動了動耳朵。那隻大貓的腳步很輕，在人們的談論聲和狗叫聲中很難分辨出來，但鄭歎能聽到周圍人議論的話，知道自己被盯上了。

——真是臥了個槽的！

沒等鄭歎回頭，那隻大貓就已經撲了過來。

鄭歎的反應也快，現在他的感官都已經敏銳很多，對危險的預感也強烈。或許其他人只能看到一隻大貓準備伏擊一隻普通的家貓，貓嘛，打打架是很正常的事情，鬧一鬧也就過了，沒什麼大事。可鄭歎能夠感覺到這其中的危機，對方顯然並不打算玩所謂的貓與貓之間的友好「遊戲」，而是真正的伏擊！帶殺傷力的伏擊！

閃身跳開！跳開的同時，鄭歎朝著那隻大貓揮了一巴掌。

原本鄭歎的心情就有點小鬱悶，再加上感受到了來自那隻大貓的惡意，一時間也沒收多少力，一爪子拍過去！

「砰！啪啦啪啦——」

那隻大貓剛從長桌上跳下來，立刻被打了上去，還撞翻了桌上的很多碗碟、餐點和杯子等等。

站在別墅陽臺那裡看著這邊的方邵康吐了個煙圈，慢悠悠地說道：「哎呀，排第四了。」

趙樂：「……」

見到這一幕的人一時間都有些接受不能。

在鄭歎來到這裡之前，那隻大貓威風了好一會兒，其他幾隻比較嬌貴的貓都遠遠避開牠，不敢靠近，豹紋大貓那股王霸之氣散發得夠徹底，也就那隻小獅頭鍥而不捨上去咬。可是現在，這隻豹紋大貓被比牠身型明顯小一圈的黑色土貓一巴掌打到邊上去了，打得那叫一個俐落。

神一般的轉折！

這種反差太大，而且眼前這明顯的體型差距，眾人就好像看到一個孩子打飛一個大人似的，怎麼看怎麼覺得怪異。

由於桌布的遮擋，鄭歎看不到滾到桌子另一邊的大貓，只是憑藉聽力辨認那邊的情況，感覺那隻大貓似乎沒有要過來的意思。

剛才那一巴掌，鄭歎並沒有用全力，力道有收斂了一點點，如果用全力的話，那隻大貓估計當場就翹掉了。

而桌子那邊的大貓從桌子上滾下去之後，爬了起來，似乎還有些暈乎，在原地踉蹌了幾下才站穩。不知道骨頭有沒有斷，但牠確實沒有再過來找鄭歎麻煩的意思了。

往周圍瞧了一圈，鄭歎感覺沒什麼意思，便準備離開，找個安靜的地方瞇一覺再說。

別墅的陽臺那邊，相較於方邵康的悠然、老劉的幸災樂禍以及其他人的驚奇，肥胖中年人則臉色陰沉，尤其是剛才方邵康那句看似不經意的話，直接戳中要害。

別說第三了，現在說第四可能都有人會懷疑。沒見著連一隻小家貓都搞不定嗎？！

那貓有古怪！

這是在場眾人的一致看法，但並不會往其他靈異的地方去想，他們自詡是有見識的人，見過的千奇百怪的事情比較多，現在也只是思索著那黑貓是不是什麼珍貴品種，只不過看上去與普通的田園貓比較像而已。

「那隻其實是孟買貓吧？或者是孟買貓的什麼變異品種？」有人疑惑地問。

「看體型，那隻黑貓雖然比一些家貓要大上一點，但臉型不對，不像是『小黑豹』。」有個自認為對貓比較瞭解的人回答。

「退一步講，就算是孟買貓，相比之下還是小了一圈，也不可能一巴掌將那隻大貓打成那樣吧？不過話說回來，其實吧，貓這種動物本來就比較邪門，跟狗不同，看似都差不多，其實差距大著呢！」老劉笑呵呵道。他不在乎那黑貓是什麼品種，也不管到底是不是真能打飛一隻比牠大一圈的貓，反正見到大貓的主人吃癟老劉就高興。

「那隻黑貓是誰的？」有人問道。

對這隻被認為戰鬥力排行楚華市前三的貓，一些人心裡已經開始打主意了，他們也並不一定有多喜歡貓，純屬為了炫耀，要是能養一隻這樣的貓，以後說出去臉上有光罷了。

「我記得，那隻黑貓旁邊站著的人，前幾天還在替方三開車。」站在邊上一位一直沒怎麼出聲的人幽幽道。

「什麼！那貓是方三養的？」一群人看向方邵康，臉色變換，沉默兩秒才道：「難怪呢。」

難怪什麼，大家沒具體說。

方三爺本就是個怪胎，養一隻怪胎的貓，也算正常。

方邵康只是淡定的抽著菸，對眾人的話也不反駁，嘿嘿笑兩下。

對於方邵康這種默認的行為，趙樂表示理解，這其實也是一種保護手段。這些人知道黑貓的飼主是其他人的話，想打主意的還是會繼續打，甚至可能會使出某些比較極端的手段；但如果是方邵康的話，那些小心思就得收起來了。就算特別了一點兒，但貓畢竟也只是貓而已，他們犯不著為了一隻貓去惹方邵康這個怪胎。

「咦，那個是什麼？！」有人驚道。

隨著那人所指的方向看過去，眾人見到了正往這邊走過來的唐七爺一行人。

「沒想到唐七爺也過來了。最近這些年，難得看到這老頭，懂得收斂了。」

「越老越狡猾。」

趙樂站在邊上，對於旁邊幾人評價唐七爺的話並不怎麼在意，她只是知道一點點唐七爺的事蹟，平時接觸那邊的人也不多，並不太瞭解。不過，現在她的主要注意力並不在唐七爺，而是在唐七爺旁邊的大貓身上。

剛才周圍幾人口中的「大貓」，相對於現在唐七爺旁邊的那隻來說，個頭還要小一籌，再加上現在那隻還是長毛，夠威風，給人第一印象的衝擊力要大得多了。就連一向對貓不怎麼感興趣的老劉，現在也目不轉睛地盯著看。

「老劉，那就是你說的戰鬥力排第一的？」有人問。

「對，應該就是那隻！」老劉也是第一次親眼見到，「要不是眼力好，還真可能會誤認那隻是條狗。」

那隻貓就像是狗中的大獅頭獒，相比起其他家貓來說，體型夠大，長毛順滑，帶著光澤，一舉一動還透著如野生的大型貓科動物一般的冷酷和深沉。那雙貓眼中也沒露出什麼好奇之色，沒有對那些誘人食物和周圍來回跑動的人與動物表現出什麼劇烈的反應，立起的大耳朵時不時動一動，警覺地注意著周圍的情況，尾巴以一個弧度斜垂著，就像一隻巡邏領地的豹子。

野性，或者還包含著一些其他的，比如殺性。

雖然對貓沒什麼興趣，但老劉也不得不承認，那隻貓確實很威猛，單從氣勢上就甩了剛才的豹紋貓一大截，也難怪聶十九的那隻貓會在牠爪下慘敗。

老劉看了看長桌旁的那隻往回走的黑貓，又看看跟著唐七爺一行人正往這邊走近的大貓，掏出一根菸點上，「有意思。」

前者剛才打飛了一隻大貓，後者看樣子就不是好惹的。不知道這兩者相遇，會碰撞出怎樣的火花。

唐七爺一行人一出現，眾人立刻將剛才鄭歎打飛那隻豹紋大貓的事情拋邊上去了，唐七爺的身分和輩分擺在那裡，而他旁邊的爵爺也實在是太拉風，太吸引眾人的注意力了。

其中也有些人心裡所想的和老劉差不多，就等著看好戲。兩貓相遇，會打成啥樣？

至於唐七爺本人，儘管想保持著那種淡然的姿態，但那張老臉依舊又多了幾條笑褶。他就知道把爵爺帶出來有面子！夠氣派！

「方三，你的貓對上唐七爺那隻，勝算如何？」老劉看向方邵康，問道。

「不如何。」方邵康將菸蒂準確地扔進菸灰缸裡，雙手撐在欄杆上，視線看著下方，「只是有點擔心。」

「嘿，擔心就快點把你那貓帶離，不然撞上就糟了！我聽說唐七爺那隻很凶的，不一定比那些野生的獰貓、藪貓之類的差。」老劉話裡是為方邵康的貓擔心，臉上卻是一副看好戲的表情。

可同時，老劉也發現，方邵康雖然嘴上說著擔心，但神情一點都沒有擔心的樣子。

「方三，不是我說，好不容易弄到一隻這樣的貓，得多看著點，傷了、殘了都是極大的損失！」旁邊又有人一副語重心長的說道。

方邵康「嗯」了一聲，然後又慢悠悠地說道：「我不是擔心那隻黑貓，我是擔心你那條小獅頭獒。」說著，方邵康還往那邊努努嘴，「那小傢伙好像挺興奮。」

老劉一驚，趕緊看向自己那隻寶貝的獅頭紅獒，剛才光去瞧唐七爺的貓了，沒注意自己那隻狗，這一看，正看到自己那小狗崽不怕死的往那邊湊，還發出不成熟的吼叫聲。

和之前對著那隻豹紋大貓的時候不同，面對著爵爺，那條小狗湊過去之後保持著些許距離，沒有直接近身攻擊，顯然感受到了爵爺身上透著的危險氣息，膽再肥也有那麼點危機意識存在。

老劉這時候不好出聲，他感覺自己要是直接開腔的話，就處於弱勢了，讓在場的人瞧不起。但他又心疼自己的狗，要是成年獅頭獒還好，現在就這點狗崽的樣樣，連剛才那隻豹紋貓都打不過，更別提現在這隻大貓了。

雖然自己不好出聲，老劉還是趕緊對自己的下屬示意，以防萬一。

鄭歎本來準備離開，見到這一幕，又停了下來，等著瞧瞧接下來有什麼好戲，看爵爺到底會是個什麼反應。不得不說，那隻幼犬膽子果然很肥。

那隻獅頭獒幼犬對著爵爺吼了幾聲，爵爺估計也煩了，朝牠齜了齜牙，露出比別的貓要長一些的尖牙，顯得猙獰很多。狗崽頓了一下，反而叫得更大聲了。爵爺見齜牙沒用，往前走兩步，要是這隻狗崽繼續吵下去，牠不介意賞幾爪子。

爵爺一動，一群圍觀的人神經也跟著緊繃，老劉的兩個下屬站在不遠處，手心都是汗，這要是真的開打，看那隻大貓的體型和氣勢，自己身上不知道會被撓成什麼樣？但就算自己被撓，也得護著那隻狗崽，誰讓那是老闆的愛寵呢！

狗崽見爵爺動了，往後退了幾步，爵爺停下來的時候，牠也停下來，繼續吼。

就在這時候，一顆乒乓球朝爵爺扔了過去，不過被爵爺察覺到，躲過了。沒砸到目標，乒乓球越過爵爺，撞到旁邊的建築物，落進花壇裡面。

膽子肥的除了眼前這隻狗崽，還有熊孩子。

鄭歎往扔來的方向看過去，那邊一個小屁孩正準備朝這邊扔第二顆乒乓球，被他媽止住了。再扔下去不是拉仇恨嗎？千萬別把唐七爺的這隻大貓引過去了。

與此同時，鄭歎感覺到爵爺身上那股戾氣又濃了許多，而狗崽依然不怕死的繼續朝牠吼著。

——真的在找死啊！

鄭歎剛感慨完，爵爺就動了，這次不是警示性的意思兩步，而是徑直朝那隻狗崽走過去，雖然沒有做出直接迅速的攻擊動作，但那架式就意味著牠不再忍了，而且給人的壓迫感十足，即便牠只是一隻大點兒的貓而已。

離得近的人很多都是比較有經驗的保鏢之類的人物，都能清楚感覺到那種難以言喻的寒意，正因為如此，他們心中才對唐七爺這隻貓的評價又提升了幾個層次。

狗崽隨著爵爺的接近，一步步往後退。在離牠五公尺遠的地方，有兩個人已經時刻準備著去救援，他們跟狗崽也熟悉，平時老劉帶著狗崽的時候，他們就在周圍保護著。所以如果這狗聰明的話，肯定會往那邊跑。

但出乎眾人意料的是，狗崽並沒有往那兩個人的方向跑，一開始牠邊退邊叫，在見到爵爺越來越近之後，一轉身，往鄭歎這邊跑過來。在跑到離鄭歎兩步遠的時候，牠頓了下，看看鄭歎。

鄭歎：「……」你他媽看我幹啥？！

狗崽搖了搖尾巴，慢悠悠往鄭歎旁邊靠，靠近一點之後，轉身繼續對著爵爺吼。

陽臺上看著的人打趣道：「老劉，你那隻獅頭獒牠爹是隻貓啊？」

「對啊，這年頭不都是打不過就找爹嗎？你那隻獅頭獒為什麼誰都不找，偏偏往那隻黑貓旁邊躲？」另一人也幫腔。

狗仗貓勢？還真是第一次見。

幾人瞧著稀奇。

方邵康瞧著那邊，心想黑碳那傢伙人緣好，貓緣不錯，狗緣也不差啊，尤其是幼崽之類。回想起當初在南方的時候見到這隻黑貓帶著三隻狗崽的情形，方邵康不由得一笑。

對那邊現在的狀況，也有人激動了，等著兩貓進行ＰＫ戰。

可沒料到，爵爺晃了兩下尾巴，不再理會狗崽，穩步走回唐七爺身邊。

「咦，那兩隻為什麼不打起來？」有人好奇。

「看那兩隻貓的反應……方三，牠們是不是認識？」一人問方邵康。

「哦，認識啊。」方邵康轉過身，打了個哈欠，還舒展了一下胳膊。

眾人：「……」

——這種理所當然的語氣真他媽欠揍！

——混蛋！既然認識，你之前怎麼不說？耍人玩嗎！

一群人等著看好戲，最後卻沒想到看戲的人自始至終只有方三爺而已。

既然唐七爺過來了，方邵康便走下樓去迎接一下，畢竟按照輩分算，唐七爺算是老一輩的人了，既然親自過來，方邵康也自當做足禮數。

其他幾人跟著方邵康一起下樓，雖然唐七爺這條老狐狸現在已經收斂很多，但爪子還鋒利著，不可小瞧，眾人也要給點面子。

與唐七爺寒暄之後，方邵康招呼鄭歎一起進屋。

原本鄭歎是不想去的，可一想到待在外面也麻煩，除了周圍那些好奇的視線之外，還有一隻緊跟著的狗崽，更有個熊孩子拿著乒乓球盯著這邊。所以，思量之後，鄭歎還是跟著方邵康一起往別墅裡走，雖然可能會比較悶，但至少能安靜些。

第五章

王者還需要扮豬吃老虎嗎？

唐七爺原本想把爵爺留外面的，可一見到鄭歎跟著方邵康進屋，想了想還是帶上了。

至於那隻膽肥的小狗崽，也跟著往屋裡跑，這次牠挺聽話的，就跟在老劉腿邊。老劉臉色好了些，至少這狗崽沒直接跟著人家的貓跑了，不然今天又得留個笑柄。

如果每次這些人都拿今天這事來刺老劉的話，老劉估計也得將這狗送走，或者再也不帶出來。對於他們來說，面子是很重要的，更何況這狗崽弄來沒多久，還沒有培養出多深的感情，真的送走，老劉也不會有太多的不捨，頂多覺得可惜而已。

狗崽一點都不知道自己在主人心中的印象正陷入危機，一派天真的跟著老劉往屋裡走，爬個樓梯還踩空一腳，差點直接滾下去。好的是看到這一幕的人沒兩個，大家都將注意力放在唐七爺的那隻大貓身上。

鄭歎沒有聽到老劉喊狗崽的名字，到現在也不知道這隻狗崽到底叫啥。跟著來到二樓之後，那邊幾人都已經落坐，鄭歎看了一圈，見到趙樂朝他招手，便喜孜孜的往那邊跑，然後趴在趙樂的腿上。反正一時間也找不到一個合適的地方，他就先在趙樂腿上趴一會兒。

方邵康也招手了。至於為什麼鄭歎趴趙樂大腿上而不去方邵康那邊……這還用說嗎？

爵爺安分的在唐七爺的座椅旁邊趴下，兩隻前爪前伸交疊著，再加上渾身的氣勢，倒讓眾人覺得這貓確實有上位者的風範。

相較之下，鄭歎就隨意多了，和一般家貓沒兩樣，而且趙樂還從包裡拿了梳子出來替鄭歎順毛，儼然一隻無害家貓的樣子。要不是眾人之前親眼見到這隻貓俐落的一巴掌將比牠大一圈的貓打飛的情形，還真看不出這貓有啥特別的。

眾人看看正趴趙樂腿上蹭的黑貓，再看看一副威嚴狀趴在那裡的爵爺，不禁想：貓真是奇特的生物。

和鄭歎、爵爺的安分不同的是，小狗崽閒不住，估計在長牙，想磨牙來著，對著老劉坐著的那張椅子咬椅子腿。

可是，沒等鄭歎趴多久，就感覺到一股視線老是注視著他這邊。抬眼看過去，鄭歎見到一個肥胖的中年人，那人看過來的眼神比較複雜，傳達的內容也不是什麼太好的意思，鄭歎感覺這傢伙應該在腹誹，本不想理會，但一直被這樣盯著，他心裡不爽，渾身不自在。要是再這樣下去，鄭歎說不準自己會不會上去踹對方兩腳。

善意還是惡意，這點鄭歎能夠分得清，這個胖子估計在心裡罵他。鄭歎記得東教職員社區裡有個老師也很胖，但人家待人可好了，鄭歎對那位胖老師的印象很不錯。你說，同樣是胖子，眼前這位就不能胖得心靈美一點？

方邵康他們幾個在聊天，鄭歎對他們聊天的內容也沒興趣，這種看上去一團和氣其實暗藏玄機的氣氛，讓他感覺到氣悶。

從趙樂腿上跳下來，鄭歎看了看方邵康，然後往門外走。

方邵康見狀也沒說什麼，意思就是「隨你去」。其他人也只是笑笑，主人家都沒意見，他們有個屁意見啊。

爵爺往鄭歎那邊看了一眼，繼續安分地趴在原地。

不過，那隻狗崽就待不住了，牠看了看老劉，又看看已經往門外走的黑貓，往那邊挪了幾步，瞧瞧老劉，再往門的方向挪幾步。

老劉實在看不下去，跟身後的一個人低聲吩咐兩句，帶著狗崽出去。

一得到允許，狗崽就撒開腿往已經漸漸走遠的黑貓那邊追，蹦踏得可歡騰了。

童慶依然跟在鄭歎旁邊，不過在他跟出來之後，有個人過來對童慶低語了幾句，童慶聽後有些驚訝，但隨即還是點點頭說：「我知道了。」

那人是方邵康幾位重要的助理之一。其實，負責傳話的那位助理雖然傳話的時候面上不顯，可心裡未必能平靜；不過，有時候不該問的不能多問，依照老闆的意思做好本職工作就行了。

◆◇◆◇◆◇◆◇◆

鄭歎從那間房裡面出來之後，在二樓遛了一圈，也沒發現什麼監聽設備之類的物品。方邵康雖然看著不可靠，但做起事來還是值得肯定的，何況今天來的人身分都比較特殊，沒人會喜歡這裡有一個監視器對著自己。

二樓沒意思，鄭歎記得一樓有個後院，上樓之前只是隨意瞥了一眼，沒多留意，現在決定去逛逛。

狗崽跟在鄭歎身後下樓，估計下樓的時候太興奮有些急，還剩幾階時不小心一腳踏空，直接滾了下去。不過牠勝在毛厚，體質也不錯，滾下去之後哼也沒哼兩聲，爬起來依舊屁事沒有精神抖擻的。

鄭歎看了看周圍，還好裡面那幾位大人物沒看見，不然這狗崽肯定會被笑話一番。

守在屋內的人很多都沒見到之前鄭歎一巴掌將那隻帶藪貓血統的傢伙搧邊上的一幕，並不知道鄭歎的特殊以及殺傷力，所以對於這隻看起來很普通的貓，也沒有太多的防備眼神。

這種時候鄭歎就有他本身的優勢了。像現在，瞧他就是一隻普通的家貓，在地上滾一圈後，走在外面肯定會被認為是野貓的類型，人們要防範這類貓的話，頂多只是為了防止偷吃而已。

可是像爵爺以及之前那隻長得很像藪貓的豹紋大貓，別人對牠們的防範肯定會更高，這類大貓殺傷力大，讓人不得不注意，牠們想藏拙、想玩個扮豬吃老虎，抱歉，幾乎不可能。不過爵爺牠們也沒有要藏拙的意思，一出場就呈現王者之姿，即便算不上盛氣凌人，卻也能鎮住全場。

類型不同，生活方式也不一樣。

不過，話說回來，相比之下鄭歎還是更喜歡現在這種看起來很普通的外型，他沒想要刻意地做出什麼扮豬吃老虎的事情，只是覺得這樣會更自由，順便享受有些曾經忽略的東西而已。

得過且過，且笑且過。

這種想法，要是放在曾經還是人類形態的鄭歎身上，那是絕對不可能的。

別墅的後花園種植著一些花卉和常綠植物，就算是秋天，也沒有顯出蕭瑟之感。可是，鄭歎並沒有因為後花園的美景而心情舒爽，其原因就在於，他剛走到後門口，就看到待在花園裡玩遙控車的一個小屁孩，看著比小柚子小幾歲，估計就六、七歲的年紀。

鄭歎常聽焦媽講一些事情，因為焦家養了鄭歎這麼隻貓，焦家的大人也會去注意一下其他養貓的家庭，那些事情也就成了飯後的談論話題。聽說那些小孩子好動、好奇，而且膽還肥，沒什麼責任心，對與錯都沒有太強烈的分辨意識，在大人們沒有刻意往愛護動物那方面教導的時候，那些小屁孩能夠揪著自家貓狗的尾巴提起來甩，可一旦貓狗伸爪子反擊，撓傷了、咬傷了孩子，抱歉，主人要揍你了，或者幾天的飯沒了。

在焦爸他們老家有句話叫「三、四歲討人嫌，五、六歲討狗嫌」，這話不是沒道理的。所以，除了比較熟悉的幾個孩子之外，鄭歎一直對於這個年紀的小孩抱著避而遠之的態度。見到這種小孩子就沒什麼好心情，而且還是男孩，男孩更皮。因此，鄭歎剛到門口瞧見後花園的人之後，就直接轉身離開。

沒等鄭歎走幾步，童慶突然出聲了：「黑碳，要上廁所是吧？來，我帶你去。」說著，童慶朝鄭歎招手，意思是讓鄭歎跟過去。

鄭歎納悶了，他什麼時候表現出要尿尿或者拉屎的意思了？不過，去一趟廁所也好，真要拉也不是什麼都拉不出來。他還準備著如果到時候尿急找不到廁所，就直接找個花壇解決。

童慶原以為還需要費一番唇舌，沒想到這麼一說，那貓還真的跟過來了。

來到廁所，童慶在看到黑貓進來之後，關上門，鎖上。廁所的隔音效果不錯，所以就算說什麼機密事件也不用擔心會被外面的人聽到，這也是那位助理向童慶交代的。

自打接觸這隻黑貓之後，童慶就感覺各種古怪、各種顛覆。當寵物就得有寵物的樣子，比如剛才那隻小狗崽，就算牠是獅頭獒，那也僅僅只是寵物而已，何況現在還這麼小，除了牠的名字和某些出現頻率比較高的指令詞之外，其他的一概聽不懂；旁邊的人說話，牠玩牠自己的，誇讚牠、貶低牠，牠也無動於衷，依舊在那兒咬樹枝咬得歡騰。

可眼前這隻黑貓呢？你說牠一句，牠能瞪你半天，瞪得你心裡發毛。

童慶實在不理解。難道貓都是這樣，古裡古怪，難以捉摸，時不時透出點邪乎？或許這也是很多人不喜歡貓的地方。

不管怎樣，童慶只要依照老闆的意思，將要傳的話傳達就行了。

關上門，童慶轉身，準備將一些話傳達。可當童慶轉身之後，正準備出口的話直接憋了回去。

馬桶上，那隻黑貓正蹲在邊沿，朝裡面噓噓。拉完還舒服地抖了兩下，然後按下鈕沖馬桶，跳上洗手檯洗爪子，撈過衛生紙擦毛。洗手檯旁邊就是烘手機，黑貓站在洗手檯邊上，身子立起來搭在烘手機那裡烘爪子，烘了之後還對著鏡子撥拉兩下頭上翻起的短毛。

童慶：「……」

他對貓的看法再次顛覆。

就算再沉穩，就算內心再強大，見到這麼一幕，童慶心裡也不禁要吼一聲「臥槽」，羊駝駝早開始撒開蹄子奔騰了！

既然是方邵康安排的人，鄭歎也沒打算太收斂，更何況照方邵康的說法，以後跟這人接觸的機會會更多，遲早得暴露，所以鄭歎並沒有想要在童慶眼前刻意表現得和尋常貓一樣。

扒拉頭上的短毛時，鄭歎就從鏡子裡注意著童慶的表情，這人平時太沉默，八竿子抽不出個屁，可剛才那變幻不定的臉色讓鄭歎樂呵了一下，好在童慶這人內心確實足夠強大，也不會像龍奇那樣產生太大的心理陰影，片刻之後就恢復過來了。

鄭歎照完鏡子之後，轉身看向童慶，等著他接下來的話。鄭歎不傻，從進廁所開始他就一直留心童慶的動作，看樣子方邵康是有什麼事情要傳達。

童慶做了一次深呼吸讓自己平靜——雖然在廁所這地方做深呼吸有那麼點彆扭，但相較於剛才的衝擊，也不算什麼了。眼前這隻黑貓蹲在洗手檯上，很淡定地看著自己，似乎知道自己有話要說。

再次深呼吸，童慶做完了心理建設，出聲道：「後院那個小孩叫劉耀，是劉總的兒子。老闆說，陪那小孩玩玩，可能能夠給你貓爹的公司拉筆大生意……」

鄭歎聽著童慶傳達的話，邊聽邊琢磨，本來收到爪邊的尾巴也不自覺的開始搖晃兩下。

——哪位劉總？

鄭歎回想了一下，剛才在樓上的時候，雖然那些人的談話沒有聽進多少，但人還是分辨了幾位，童慶說的劉總就是狗崽的主人，對自己也沒什麼惡意。

既然與自身相關，鄭歎肯定需要多思量思量。

焦爸和袁之儀他們的那間公司，鄭歎一次都沒去過，據說現在營運已經慢慢起來了，不像一開始那麼艱難。不過，在楚華市內，依舊還是個名不見經傳的小公司而已，名聲也僅限於幾所大學和幾個有業務往來的公司，遠比不上今天見過的這些大人物手下的產業。如果能夠幫忙促成一筆大生意的話，焦爸也能多點分紅，焦家還能多點積蓄，這決定著自己以後的生活品質問題。

童慶一邊說著，一邊觀察眼前這隻貓。只見黑貓微垂著頭，耳朵卻直直豎著，尾巴尖有節奏的一動一動，看上去在琢磨什麼小心思。

真是隻奇特的貓。難怪老闆讓他們直接說正題就行，其他的不用多在意。

童慶除了告訴鄭歎能夠間接拉生意之外，也照方邵康的意思向鄭歎分析了一下這其中存在的因素。

像老劉他們這樣的商人，一個個都精得很，就算理論上能夠產生業務往來，但人家憑什麼給你一個不認識的人、不認識的小公司大單子？關鍵就在於後院那小孩身上！

別看老劉年近四十，到現在為止，就這麼一個才六歲的兒子，還是在外面逍遙的時候偶然留的種，老劉一直不知道而已。劉耀他媽去年才將孩子送來，因為缺錢，一場交易，用兒子換了些錢便離開了。

由於精子存活率低，老劉雖然一直在治療，可到現在物理治療加心理治療都沒什麼效果，想了很多辦法也沒能造出個人來，原本他都不怎麼抱希望了，沒想到有這麼個意外之喜，ＤＮＡ都驗了好多次，確認是他的種之後，老劉激動了，將劉耀當寶貝似的捧著。

可惜的是，估計因為劉耀那位不可靠的母親的原因，他的個性比較陰鬱，到現在為止也不怎麼說話，不喜歡與人交流，連動物見著他都避開。

為什麼之前老劉好不容易弄到一隻鐵包金藏獒，後來卻果斷送人，就因為那隻藏獒見到劉耀就避開，要麼就開口警示性地低吼。

老劉是喜歡狗沒錯，但兒子更重要，何況多年以來就這麼一個兒子，寶貝得很，不可能因為一隻狗而讓兒子不高興，於是便將那隻鐵包金送人了，又弄了現在這隻獅頭紅獒。

等童慶將話說完之後，鄭歎的第一個想法：方邵康竟然連人家的難言之隱都調查得一清二楚，不得不感嘆方邵康的手段。第二個想法：尼瑪，老子要犧牲色相去討熊孩子歡喜嗎？會不會被拔毛揪尾巴抓耳朵？！

真那樣的話，鄭歎是打死也不會去的，反正袁之儀那間公司又不會因為少了這麼個潛在大客戶而倒閉。

門口，間斷發出著撓門的聲音，是關在外面的狗崽製造的，牠也不像其他狗崽那樣因為委屈或者不爽而哼唧哼唧，直接用行動來表示自己的意願——撓門，咬門。

被老劉派來看著狗的人挺尷尬的，這狗真他媽丟人，還藏獒呢！見到牠撓門，他們將狗崽往後拖，可不一會兒，狗崽又湊到門邊開始撓，這樣來來回回、鍥而不捨，整得老劉的下屬都恨不得朝這狗崽踹兩腳。

見狗崽又繼續往廁所門跑，老劉的下屬正準備再次將狗崽拖開，這小傢伙除了老劉之外，對其他人是會下口咬的，所以他們既不能傷到狗崽，還要防止被狗崽咬到。當下屬也不容易啊！

這人剛俯下身準備找個好一點的角度將狗崽拖開，廁所門開了，然後站在裡面的童慶一副看變態的眼神看著門口的人。

老劉的下屬恨不得吐幾口冤枉血，就現下這種窘況，不知道的人還以為他們有什麼盯廁所的怪癖呢！

童慶面無表情聽著對方解釋了幾句，也沒發表什麼看法，跟上已經往後院走去的黑貓。

老劉的下屬也不知道對方將自己的解釋聽進去沒有，不過他也想不了太多，因為狗崽已經興奮的跟著人家跑了。

鄭歎來到後院，那個叫劉耀的孩子依然和之前一樣獨自玩著遙控車。他察覺到走進後院的陌生人，抬頭看了一眼，視線在鄭歎身上多留了兩秒，然後便繼續將注意力放到遙控車上。

雖然那孩子看過來的時間很短，但鄭歎還是從這一眼中看出一些不對勁的地方。

陰鬱是陰鬱，還帶著點戾氣。或許正因為這種陰鬱和戾氣，才讓一些比較敏感的動物對劉耀遠遠避之。鄭歎曾經見過剛做完解剖實驗的易辛等人，周圍的幾隻貓或者寵物犬見到他們就躲開，沒跑開的鄭歎覺得那都是粗神經，沒察覺到那點淡淡的還沒散去的冷意。就好像當初焦爸教他殺老鼠的時候，所透出來的冷意一樣。

老劉之前的那隻鐵包金藏獒應該也是察覺到了這孩子周身的陰鬱和戾氣，才會對他警戒。至於如今這隻獅頭紅獒，則屬於那種比較粗神經的。

對狗比較瞭解的人，肯定能夠看出那隻鐵包金與現在這隻獅頭獒孰優孰劣。賣相好，不代表什麼都好，就算是獅頭獒，也有這種比較傻的。但正因為如此，這隻獅頭獒才能被留到現在。

雖然沒表現得與那孩子有多親近，只要偶爾還能陪著玩玩就行，要是和之前那隻鐵包金一樣一看到劉耀就發出警戒的低吼，那離被拋棄就不遠了。

除了外表之外，現在這隻獅頭獒估計沒有哪一點能夠比得上老劉之前弄到的那隻鐵包金。不過，現在狗崽還小，以後會成什麼樣也說不準。

聽聞藏獒一生中只認一個主人，狗崽弄過來沒多久，就是不知道以後這隻狗崽認主人是認老劉呢，還是認小劉？像這種藏獒，沒長在高原，沒接觸過多少野生環境，在大都市裡當寵物犬整天陪著人玩耍，最後戰鬥力有多少？

管他呢！只要能防賊護人就是條好狗，戰鬥力弱點，智商低那麼一點點也無妨。鄭歎也沒那個閒工夫去為牠操心。

在劉耀不遠處還站著一個看上去很溫婉的年輕女人，那位應該就是老劉的現任夫人了。甭管那女人對劉耀的真實想法怎麼樣，在人眼前也得做出一副慈母樣。

偶爾這位劉夫人還提醒一下劉耀注意點別被身邊的樹枝劃傷，或者詢問冷不冷之類的話。劉耀沒給過回應，彷彿沒聽見似的，繼續拿著搖桿操縱他的遙控車。

見到童慶和鄭歎進院子，劉夫人只是詫異地看了一眼，然後視線便落到童慶身後的人身上，老劉的一位下屬走過去低聲解釋，劉夫人才微微點了下頭，表示自己知道了。

其實劉夫人心裡挺不耐煩的，這種時候她應該在前面的草坪那邊跟其他婦人們交流一下感情，這樣能提高自己在圈子內的知名度，可是劉耀在這邊，想到老劉的交代，她不好直接拋下劉耀，硬是維持著一張微笑的臉站在這裡，還要對劉耀噓寒問暖。劉耀操控遙控車朝她腳邊撞，就算疼她也不能說什麼。

見到後院來了人，劉夫人活動一下有些僵硬的腿，笑著對狗崽喊道：「饅頭，過來這邊。」——饅頭？

鄭歎看看狗崽，這名字誰取的？幼年的時候還好，這以後長大了，威猛霸氣了，走大街上碰到熟人被大喊一聲饅頭，多丟面子！再威武雄壯，這名字扣上去一下子就感覺小巧玲瓏了。

瞧人家爵爺，名字聽起來就高級得多，建議一些研究這方面的人可以將這個話題寫一篇論文發出去，比如《論名字的重要性》。

至於剛在旁邊撿了根樹枝磨牙的饅頭，聽到有人叫自己，扭頭看過去，嘴裡依然叼著樹枝慢慢咬著，瞧了劉夫人兩秒，扭頭，繼續咬樹枝，咬得那叫一個認真。

鄭歎正饒有興致看著劉夫人那張笑得有些僵硬的臉，突然聽到快速接近的「滋滋」聲。劉耀那輛遙控車正朝鄭歎這邊過來。

童慶剛準備出手，但想到之前外面長桌旁的情形，還是止住了。

對於開過來的遙控車，鄭歎也沒慌，抬爪子準備按住，以他的能力對付遙控車綽綽有餘。可沒想到這遙控車會在離他不遠的地方突然急停。

難道這熊孩子只是想嚇唬一下自己？鄭歎揣測。真要這樣，這熊孩子也不算太差嘛。

劉耀看著那邊，眼中帶著疑惑，他不明白為什麼這隻貓和其他貓不一樣，其他貓要是見到遙控車開過去，隔老遠就弓著背跳開或者撒腿跑沒影了，但不遠處的那隻黑貓，只是淡定地抬起一隻爪子，一點也不怕的樣子。

遙控車沒停多久，又繼續跑了起來，而且是繞著鄭歎轉圈，速度不快，就這樣一直一圈圈繞下去。

鄭歎瞇了瞇眼，這熊孩子明顯是將目標對準他了！都不用自己主動過去，熊孩子的「手」就伸過來了。

果然，熊孩子就是熊孩子，就算話少點、沉默點、陰鬱點，那依然是熊孩子，有時候他們做什麼事不會跟你講原則、講道理，全憑自己的意願。

本來啃樹枝啃得帶勁的狗崽也放慢了啃咬的速度，好奇地看著鄭歎那邊。

至於周圍站著的其他人，心裡各有想法，有人覺得這黑貓肯定得倒楣，有人覺得自家小少爺這樣子不好，打貓也得看主人啊！還有的人，他們見過這隻黑貓將那隻藪貓後代一巴掌打飛的情形，心裡緊張，生怕這隻貓發飆了會傷人。劉耀身上有一點兒傷，他們幾個肯定吃不了兜著走，扣薪水都算輕的。

鄭歎倒是挺沉得住氣，慢悠悠地甩動了兩下尾巴，看著在眼前一圈圈繞行的遙控車，突然玩心大起，也沒管童慶交代的話了，找準機會，朝遙控車跳過去！

鄭歎在焦家跟著小柚子的時候多，小柚子沒這種遙控車，玩具以娃娃居多；而焦遠自覺得長大了，這種遙控車是給小孩子玩的，他要玩也是玩槍。再說了，看久了鄭歎也看得出來這遙控車的設計費了很大的心思，絕對不便宜，焦家也不會花大價錢買這樣的玩具。鄭歎的記憶裡倒是玩過類似的，不過那時候他還是人，現在回想起來，還有那麼一點點懷念感。

這遙控車的品質不錯，在人看來小小的玩具，對鄭歎來說，這車的體型還行，擠一擠還是能夠蹲上去的。只是，由於鄭歎突然往遙控車上這麼一跳，跑動的車就直接停了，「滋滋」聲還在響，證明馬達還在作用著。

鄭歎不太滿意，這麼點重量就跑不動了？這遙控車看樣子不可能承受不住自己如今這五公斤多的重量吧？

不過很快的，鄭歎就感覺到下方遙控車的變化。然後，載著鄭歎的遙控車就慢慢開始動了起來。這時候，鄭歎突然很想吼一聲：得兒——駕！

鄭歎蹲在遙控車上，這車雖然跑起來了，但和「空載」時的速度差太多，鄭歎也不怕被甩下去。按照鄭歎的想法，他當然希望遙控車能夠跑快點，那樣才好玩、才刺激，不過現在也不能要求太高，有得玩就不錯了。

和鄭歎想的一樣，劉耀並沒有真的要拿遙控車去撞他的意思，估計就只是好奇而已。而且這小孩絕對不是很天真的那種，至少在心理上要比同齡的小孩早熟一點，這應該與他之前的經歷有關係。

鄭歎穩穩當當坐在遙控車上，將尾巴收攏到身邊，免得被遙控車的輪子軋住或者被花壇那邊伸出來的樹枝勾住。後院清掃得還算乾淨，只有一些吹過來的樹葉，而樹枝則是劉耀扯過來或者饅頭從旁邊花壇裡叼出來的。總體來說，沒有太多的障礙物，遙控車行駛得還算平穩，劉耀操控遙控車也熟練，跑了兩圈也沒擦到擱地上作擺設的花盆，沒發生意外的碰撞事件。

剛才還在啃樹枝的饅頭叼著樹枝看了一會兒，便將樹枝吐出，歡騰著朝鄭歎這邊跑過來，連跑帶跳的跟著遙控車。跑幾步，牠停下來俯低前身，撅著屁股，朝著遙控車叫兩聲，就算不叫出聲也會伸出爪子虛空扒拉那麼幾下，咧著嘴，玩得呵嗤呵嗤的。

童慶仔細觀察了一下劉耀，和之前相比，這小孩眼裡的陰鬱少了很多，就好比陰沉沉的天空突然有轉為多雲的趨勢。

好現象啊！難怪老闆要讓這隻貓過來。童慶不禁感慨。

人與人之間容易產生心理戒備，尤其是像劉耀這種以前跟著他母親經歷過一些事情的孩子，對人的防範意識很強，排斥陌生人，就算是認識的人也很難親近，這也是為什麼劉耀不去前面草坪和餐桌那邊與其他孩子玩的原因之一。

不僅是劉耀，要是方邵康派個同齡孩子過來接觸劉耀，老劉那邊的人或多或少都會懷疑和戒備，誰都知道老劉將劉耀當寶，從老劉那裡不好下手，就找小的。

可動物就不同了，就算是老劉和他的下屬們，估計也不會想到這隻貓過來這邊是抱著某些小心思的。一隻貓能做什麼？就算能打，力氣也大，說到底還不就是隻貓嗎？

遙控車載著鄭歎在院子裡繞圈，院子中有人為架起的一段塑膠跑道，遙控車能夠在上面跑，載著鄭歎也勉強能在上面跑，只是爬坡的時候稍微吃力了一點。可是，若在這兩者之外再加一個饅頭就……

饅頭看著載著鄭歎的遙控車往那段塑膠跑道上過去，搖了搖尾巴，跟在後面往跑道上試探地走了兩步。以牠的體型，在這個塑膠跑道上有些擠，但走兩步也沒見異常，膽子立刻大了，加快速度，追著前面的遙控車和黑貓。

鄭歎坐在遙控車上，在駛上塑膠跑道的時候扭頭看向後方，見著饅頭也跟上來，心裡還擔心了一下這個跑道會不會超負荷，見跑道沒怎麼搖晃，也沒塌陷，放心了些。可鄭歎剛放下心，就見到饅頭加速跑過來，跑就算了，牠還邊跑邊蹦踏兩下。

「喀！」

一段「跑道」塌陷了，饅頭跟著掉到地上，塑膠跑道僅十來公分高，不會受傷。在掉下去的時候，饅頭的下巴在前面那段沒塌陷的跑道上磕了一下，掉地上之後甩甩頭，抬爪子撥撥嘴巴，然後沒事似的繼續跟著遙控車跑，只不過這次牠沒跳上跑道，就在地上跟著，或者跑到前面將下巴擱在跑道邊上看著遙控車。

由於塑膠跑道中間塌陷了一段，老劉的下屬看了看，一時也拼不起來，這次過來的時候沒有帶備用品，跑道是不能再架一個了。好在劉耀也沒有要繼續讓遙控車上跑道的意思，只是操控著遙控車載著黑貓滿院子轉圈。

鄭歎蹲在遙控車上，心裡又琢磨開了。

車果然是個好工具，以前還是人的時候，一鬱悶就喜歡開著車到處跑，就像很多人跑步是為了發洩一樣，鄭歎則是喜歡駕車。只是，他現在變成了貓，還能有屬於自己的車嗎？

——難啊……

就算有一輛屬於自己的這種遙控車當座駕，即便車的體型再大一圈，只要操控權在別人手上，鄭歎總覺得不對勁，好像自己的命運掌握在別人手中似的。可是就算給鄭歎一個操控搖桿，鄭歎也未必能夠靈活掌控，貓的手掌就這麼大一點點，利爪和肉球也比不上人的手指靈活。

——唉！

鄭歎仰頭四十五度作憂傷狀。

可惜，旁邊的饅頭一點都體會不到鄭歎的心情，這傢伙正玩得興起。

無知者無畏，無憂無慮。通俗點來說，白目狗狗歡樂多啊！

鄭歎見著饅頭在旁邊鬧得歡騰，伸爪子搧了牠一巴掌。當然，這力道肯定不會和之前打那隻貓的時候一樣用那麼大的力氣，他收斂了很多，就好像平時和社區的貓貓狗狗們玩鬧的力道。

這爪子下去，還勾下來幾根狗毛。不過饅頭毛厚，又多，少這麼幾根一點都不在意，也好像沒感覺到多少疼痛，反而玩鬧得更歡了。

鄭歎覺得反正自己也不知道該怎麼和熊孩子相處，就這樣蹲在遙控車上消磨時間，偶爾還能想想心事，不爽的時候搧饅頭幾巴掌，在遙控車駛過花壇和花盆那邊時，他又對著那些花花草草勾幾爪子，搞搞破壞；有時候也會從花壇裡面撈過來一根細樹枝，彎爪子夾住，對著饅頭敲。

像饅頭牠們這樣的狗，在平時的戲耍、撕咬、搏鬥等活動中能夠使牠們的頸肌強壯，體質強健，以後老劉應該也會做出相應的訓練。只是，原本饅頭就這麼好動了，又有些白目，以後會成啥樣？

估計會和阿黃一樣，看著一副嚴肅正經的樣子，其實擁有一顆笨蛋的心。

老劉中途抽空下來看兒子的時候，見到兒子的表情，心裡一喜，難得見到兒子心情不錯。老劉在下屬那裡摸清楚了事情的始末，之前還猶豫著要不要將饅頭送走，現在決定還是留下來吧，瞧此刻這情形，就算饅頭不怎麼聰明，也沒其他狗崽那麼靈活，但至少能陪自家寶貝兒子玩，那就足夠證明牠的價值了。至於其他人的看法或者嘲笑，老劉心裡嗤笑一聲，跟兒子相比，那算個屁啊！

院子裡正跟著遙控車撒歡的饅頭壓根不知道，牠這樣的表現會讓老劉改變主意。城市的《養犬管理條例》對老劉他們這樣的人來說，約束意義並不大，跟著老劉，至少能夠讓饅頭在鋼筋水泥的大都市裡更好過一些。

好不容易等到吃午飯，寵物的「飯桌」另有安置，也有各家專門派的人照顧，貓狗分開。鄭歎沒跟那些貓一起，不想去湊熱鬧，他待在外面，跟童慶一起找了個地方吃東西。方邵康派人送吃的來，鄭歎只等著吃就行了。剛才過來的時候他還看到了那隻自己搧過一巴掌的藪貓後代，那傢伙遠遠看到他就繞開了，鄭歎也懶得去理會牠，反正貓不犯我、我不犯貓。

一人一貓在外面慢悠悠地吃著，鄭歎吃得差不多的時候，見到從那棟別墅裡面走出來兩個人。一個是趙樂，還有一個之前在二樓見過的年輕人，似乎叫王斌。看趙樂和王斌的相處模式，這兩人應該挺熟悉的。

鄭歎想著要不要去聽聽八卦，那邊的趙樂已經看到鄭歎了，往這邊過來。

找了個木凳坐下，趙樂問了童慶關於一些鄭歎的伙食問題，方邵康送來的食物都吃得差不多了，她看不出來鄭歎到底吃了些什麼。

童慶簡單回答了一下，看著這兩人估計有什麼話要說，他不好一直待在這裡，站起來走遠了一些，可他也不好離開，因為鄭歎還待在原處。

鄭歎以為能聽到點八卦，結果這兩人並不像鄭歎想的那樣，熟悉是熟悉，可惜都對對方沒那個意思。兩人談到的話題，從鄭歎這隻貓，到王斌下放基層去鍛鍊，再到王斌他弟弟「二毛」。不過，兩人談起那位「二毛」的時候，語氣都充滿無奈。

鄭歎就想著，這位「二毛」到底是個啥樣的人，能夠讓王斌和趙樂都是這樣的態度。

◆◇◆◇◆◇◆◇◆

吃過午飯之後，很多人離開了，都是大忙人，哪有時間一直待在這裡閒聊。平時很多人宴請就喜歡設置晚宴，方邵康是比較另類的人，趙樂問起為什麼是邀約午飯而不是晚宴的時候，方三爺打了個哈欠說：「早睡早起身體好哇！」

趙樂想撞牆。

當然，也不是每個人都離開了，也有剛好有時間的就多留了一會兒，比如老劉。他們會跟方邵康繼續聊聊。

鄭歎留在那裡陪劉耀和饅頭玩了一會兒才回家。

也不知道方邵康跟老劉怎麼說的，某天鄭歎在家裡趴沙發上看電視的時候，聽到焦爸跟袁之儀通電話，談到了這位突然而來的大客戶劉總，鄭歎才知道，這件事還真成了。

焦爸和袁之儀也從方邵康那邊瞭解到一些原因，袁之儀為此特意買了一堆食品過來，一部分是給兩個孩子的，一部分是給鄭歎的。來之前，袁之儀還在辦公室裡黑色的招財貓眼前燃了三炷香，也不知道這是誰教他的。

要是以前，鄭歎對那些食物還會感興趣點，但現在，鄭歎的心思不在這上面。不接觸遙控車還好，接觸之後，鄭歎心裡就一直惦記著了，有幾天做夢都夢到自己開著小車出去兜風——不是坐在別人的轎車內，也不是蹲在電動摩托車或者小柚子自行車的車籃裡，而是自己開著車。

所以鄭歎這幾天盡琢磨著怎麼弄一輛適合自己現在這貓樣的車。

該找誰呢？

難道又要去找方邵康？

就算找，自己也不能開口說話啊，又怎麼能將自己的意思表達出來？難道發郵件或簡訊給方邵康說「方三，老子是黑碳，你趕緊找輛車給我」？

想想都覺得不對。這事還得從長計議，而車子這件事也急不來。

日子該怎麼過，還是那樣過著。鄭歎覺得無聊了就跟東教職員社區的幾隻貓狗玩玩，或者出去走走，偶爾也跟著衛稜出去「減壓」。

這段時間方邵康過來兩次，兩次都是童慶開車送來的，也沒過多的停留，他只是順路過來看看，來去匆匆。

不過，雖然方邵康留下來的時間比較短，鄭歎也從方邵康口中瞭解到一些事情，比如袁之儀他們成功搭上老劉這個大客戶，比如老劉他兒子劉耀平時在家裡就喜歡操控著遙控車逗狗。鄭歎不在，饅頭似乎開始對遙控車感興趣，每次劉耀操控著遙控車在外面玩的時候，牠就跟著遙控車跑，只是偶爾會走神，畢竟遙控車上沒有一隻貓時不時去撩撥牠。

老劉還曾向方邵康提議什麼時候把鄭歎帶過去玩玩，可惜方邵康最近忙得很，一直沒空，這事也只是跟焦爸簡單提了一下，算是提前打個預防針，以後說不定還真的會過來把貓帶出去玩。

回到過去變成貓
BACK TO THE PAST TO BECOME A CAT NO.4
陳詞懶調 × PieroRabu

第六章

貓手駕車也熟能生巧

楚華市今年十一月的氣溫不算很低，最近也都是晴好天氣，鄭歎喜歡出去慢悠悠地走走，或者找個地方趴著曬太陽。

這日下午，鄭歎出了東教職員社區的大門，感受著陽光帶來的溫度，沿著一條小道走。小道通向的方位，並不在教學區和宿舍區，那邊老房子比較多，而學校近兩年似乎並沒有打算動工那一片區域，至少鄭歎從來這裡到現在都沒察覺到那邊有什麼大動靜，不像靠近側門的樹林那邊推倒房子建宿舍的時候那般吵鬧。

幾隻不知道是什麼種類的鳥在草地上走動著，啄一啄草地，估計在翻找食物。牠們見到鄭歎之後，膽小謹慎的已經飛起來或者跳開，膽大的依然停留在原處，不過還是保持著警覺，只要鄭歎靠近，牠們肯定會飛走。

鄭歎也沒閒心去抓那些鳥，如果是阿黃或者警長，可能會對牠們感興趣，反正鄭歎是沒心思去抓鳥的。至於大胖，那傢伙最近又開始屯膘了。

大胖牠家老太太估計看著大胖那樣子有些擔心，每次出去的時候都把大胖帶著，就為了讓大胖多活動活動。所謂的多活動活動，不過是慢吞吞走幾步罷了，老太太年紀大了，走路也不快，大胖跟著也不累。聽說在老太太學唱昆曲的地方，有人拿東西逗大胖，可大胖一直不給面子，就更不可能動了，被擾煩了就跳到高處，趴下睡覺。

邊想邊走著，鄭歎找了個曬太陽的好地方，跳上一棟一層樓的老瓦房的屋頂，找了個感覺舒適的地方，側躺在那裡曬太陽。

跳上來之後，鄭歎發現周圍有幾棟和這棟差不多的老青瓦房上還有其他貓，都是一副懶洋洋的樣子趴在那裡曬太陽。那些貓見到鄭歎之後，有兩隻還好奇地觀察了鄭歎一段時間，之後估計覺得鄭歎沒有威脅，睏意也來了，繼續瞇著眼睛睡覺。

別看這些貓似乎懶得要死，推都推不動的架式，但只要有一點異常的動靜，牠們就會立刻做出反應。

聽到屬於人奔跑的腳步聲時，有幾隻靠得比較近的貓立刻睜大眼睛朝那邊看過去，估計這邊很少有人過來，牠們的反應稍微大了一點。離得遠些的貓只是動動耳朵，或者將眼睛瞇開一條縫懶懶的往那邊掃一眼，發現沒事的話，打個哈欠，換個姿勢繼續睡。

鄭歎待的那個老青瓦房離那條小道比較近，聽到腳步聲，本來不準備多看的，但總覺得這腳步聲有些熟悉，便睜開眼睛朝下方看了一眼。

這一看，還真讓鄭歎驚訝不已。

——焦威？

今天是週一，如果沒記錯的話，週一下午這小子是有課的。

鄭歎之所以記得這麼清晰，主要是有一次在小餐館吃飯的時候，剛好焦威和他的室友們也過去了，鄭歎聽到焦威他同學談論週一症候群的問題時說到的，他們週一全天都有課，大部分還都是必修課。

以焦威的為人，「必修課選逃，選修課必逃」這種事是不應該發生在他身上的，可現在這小子下午有課的情況下，跑到這裡來幹嘛？

記得剛開學那段時間還沒正式上課的時候，焦威這小子就整天跑去蹭大二、大三的課，沒課的時候就去泡圖書館，怎麼可能在有課的情況下不去上呢？

難道課程取消了？

可就算課程取消，按照以往焦威的習慣，不是去小餐館幫忙就是去泡圖書館或者自習室，來這個偏僻的地方做什麼？而且看上去還像是比較急的樣子。

鄭歎的好奇心又提起來了。反正閒著也沒什麼事，鄭歎從青瓦房上跳下，跟著焦威走，這次沒走小道，沒讓焦威發現自己。

焦威往更裡頭的方向跑，周圍沒有什麼人聲，也沒多少人氣，相比起運動場那邊來說要安靜得多，在這種環境下，焦威跑動的腳步聲很突兀。

不過，很快，鄭歎就聽到其他聲音了，而且還是從空中傳來的，越來越近。

鄭歎注意著上方的時候，同時也察覺到焦威的腳步停了下來，為了防止被發現，鄭歎立刻往旁邊的草叢裡跳。

那裡有幾隻鳥正在一堆樹葉和草叢裡翻找食物，見鄭歎突然跑過來，嚇得趕緊飛起。

可就在這幾隻受驚的鳥驚慌著往空中飛的時候，空中一個飛行物正好往這邊過來，對於突然從下方飛起的鳥，那個飛行物做出了躲避。

鄭歎看清楚了空中的飛行物，那是一架遙控飛機，只是賣相不太好看。

估計是因為事出突然，遙控飛機的操控者出了點差錯，那架遙控飛機直接撞進一棵高大的梧桐樹裡。現在雖然是秋天，但由於氣溫的原因，這些梧桐樹有些樹葉還是綠的，就算變黃的樹葉也沒有多少掉落，還是枝繁葉茂的樣子。

遙控飛機栽進去之後卡在上面，螺旋槳轉了幾下也沒用。

空中又一架遙控飛機掠過，飛遠。

很快，遙控飛機飛去的方向，一個手裡拿著搖桿的人往這邊跑過來。看來他和焦威認識，兩人說了一會兒話之後，焦威也不急著走了，要幫那人將遙控飛機弄下來。

聽到兩人的話，雖然話不多，但鄭歎還是從其中知道焦威蹺課的原因跟這個人——或者說，跟這些人有關，而且聚集地就在這附近。

鄭歎也不留下來看他們怎麼從樹上弄飛機了，往那人過來的方向跑去。

跑了點距離，鄭歎就聽到了人聲，不用沒頭沒腦亂找，這周圍本應該是沒什麼人的，現在既然聽到人聲，而且還是多個人的聲音，焦威的目的地大概就是那邊了。

循著聲音過去，鄭歎看到了一棟不知道曾經是食堂還是庫房之類的建築，也是那種老瓦房的風格，只是高了一些，有兩層樓的高度，占地面積也大了一些。

從外面看著有些年份了，而且光從外面看，肯定會被很多人歸為危樓。

楚華大學內很多像這樣的老房子，經過修建後重新使用的那些老房子，都是對學校來說有歷史意義的。

鄭歎曾經看到一群中老年人在學校裡走動，應該是學校組織了一個什麼活動，那些人都是從楚華大學畢業的學生或者退休的老師，裡面還有不少白髮蒼蒼的老先生、老太太，看到學校裡他們熟悉的建築都會拍照留念，順便懷念一下往昔的求學或者執教歲月。這些人中不乏有財有勢的人，就算是為了他們，學校也會花費心思去對那些老房子進行修建，至於其他沒有太大意義的老房子，直接推倒重建。

現在眼前這棟，鄭歎也沒聽說有什麼歷史意義，不過鄭歎對學校裡的老房子本就不熟悉，就算有歷史意義也不會徹底瞭解。

鄭歎以前在學校裡閒晃的時候，曾經路過這裡，這棟老瓦房周圍圍著一些遮擋物，看著像是在動工修建的樣子，路過的時候也曾聽到裡面發出過一些聲響，不過那時候鄭歎沒太注意，也沒翻進去看過。現在看來，這棟老建築裡面可能還藏著什麼「祕密」。

翻過那些施工圍籬，鄭歎發現靠下的一些窗子都開著，雖然從鄭歎此刻的角度看不到裡面人的動作，但從聽到的聲音就能知道裡面挺熱鬧的。還有「滋滋」的聲音，和劉耀那輛遙控車跑動的聲音有點像。

難道焦威過來就是為了跟人一起玩這種遙控玩具？

如果是以前，鄭歎肯定會覺得這些人很幼稚，童心未泯。不過現在，鄭歎正對遙控車感興趣，所以沒多猶豫便往一個靠角落的窗子那邊過去，聽聲音那裡沒人在。

跳上窗臺，鄭歎小心的往裡面瞅了瞅。

離鄭歎所站的這扇窗戶最近的是一個二十出頭的年輕人，他蹺著腿，坐在一個掉漆嚴重的木凳子上，背靠著牆，手裡還拿著一個魔術方塊快速轉動著，而讓鄭歎最驚訝的是，這人的視線並沒有放在手裡的魔術方塊上，不知道看著哪裡，如果不是先看到他手裡的魔術方塊，鄭歎一定覺得這人在想其他事情。

鄭歎就看著這人在很短的時間內將混亂的顏色方塊復原，又打亂，再復原，再打亂。整個過程中，這人看都沒看手裡的魔術方塊一眼。

「程學長，輪子他的飛機出了點問題，掛樹上了，我們再多等十分鐘吧。」一個人走過來對正在玩魔術方塊的人說道。

見玩魔術方塊的人點頭，那人便離開。

雖然有人手裡拿著飛機模型，但這裡還是以汽車模型居多。鄭歎突然想起來，之前聽說焦威加入了一個什麼社團，難道就是這群跟小孩子似的玩飛機模型和遙控車的大學生？

十分鐘後，焦威以及那個從樹上拿回飛機模型的人一起過來。

原本玩著魔術方塊的那人，將已經復原六面顏色的魔術方塊擱在旁邊的木架子上。

木架子很舊，上面有很多劃痕，架子腿還被砍過。這個架子以及這棟建築裡面一些類似的桌椅板凳等物品，都有不同程度的補修，補修的地方相比起原本的那些地方新得多，不過也各有磨損，看來這地方經常有人過來。

「既然人到齊了，那就開始吧。」那位程學長起身說道。

鄭歎站在窗臺那裡，看著裡面這些人拿出一輛輛模型車，外觀有些差別，有的就像是縮小版的跑車，很精緻；有些像縮小版的越野車；還有一些像是沒完工的作品，外殼不完全或者壓根就沒裝上外殼，裡面一些零件全都裸露著。

這些人果然是玩遙控車的。鄭歎現在也顧不上鄙視他們，說實在話，鄭歎其實還有那麼一咪咪酸葡萄心理，誰讓他現在連一輛玩具車都沒有呢！

屋裡中間的空地上有幾條環形跑道，一環環套著，每個環形跑道都有區別，有的比較平坦，有的撒上了沙土，有的還扔了些小石子在裡面，而且有的環形跑道裡面還設置了坡度，像是在類比不同的路面情況。

還有其他的，鄭歎沒空去觀察，因為幾個人已經將他們的遙控車放在比較平坦的跑道上了。倒數計時之後，四輛微型跑車就跑了起來。

四輛車都跑得很快，比起劉耀，這裡的操控者能力都要強很多，有年齡的因素，估計還因為這些人都是老手。

盯著跑道上的車看了一會兒，鄭歎突然感覺到有什麼不對勁，想了想之後才察覺到——太安靜了！

劉耀那個悶聲不吭、脾氣還臭的熊孩子就不說了，這裡的也不像是什麼內向的人，剛才鄭歎還聽到他們吹牛打屁聊天，可現在按理說本該嚷嚷助興的時候，卻詭異地安靜。

聽得最清楚的當然是車子跑動的聲音，並沒有鄭歎所預想的加油吶喊或者助威聲。難道大齡兒童玩遙控車的時候都是這個樣子的？都不會像小孩那樣扯著嗓門激動地喊叫？

鄭歎將注意力從跑動的車子移到站在跑道邊的那些人身上。

操控遙控車的四個人站在那裡，臉上的表情倒是隨著車子的跑動變化著，或緊張或激動或懊惱，可就是沒出聲。至於焦威，他和另外幾人一樣，一邊看著跑道上跑動的遙控車，手上還拿著一本本子記錄著什麼。離他們幾步遠的地方，還有人盯著桌子上的儀器，鄭歎不知道那是做什麼用的。

大概過了十分鐘，鄭歎聽到那位程學長喊了一聲「停」，四輛車才停下來。

終於，在這跑車過程中安靜十分鐘後，屋裡又吵鬧了，而且還相當激烈，比開始之前要熱鬧多了。只是鄭歎聽到的話裡面，談及時速和名次的問題很少，這些人又是談論什麼係數，又是談論什麼方程式的，理論技術上的一些東西鄭歎不懂，就算看到他們手上一頁頁的資料，鄭歎也像在看天書。

看來這些人並不是抱著玩玩具的態度，而是往更深處研究，精益求精？

焦威估計因為是個新人，話不多，大多時候都在做筆記，聽聽別人的講解和建議，抬頭正準備跟人說話的時候，突然發現了站在靠角落窗戶那裡正伸長脖子瞧著這邊的黑貓。

焦威：「？！」

他現在都不用近距離查看或者喊名字了，一眼瞧過去就能認出那隻貓！

牠怎麼來這裡了？！焦威突然有種不太好的預感。

焦威旁邊的人察覺到他的異樣，跟著看過去，也發現了鄭歎。

「哈，又有貓在看我們跑車。」那人說道。

「又？」焦威疑惑地看了看周圍的人。他還以為這些人會驚訝呢，沒想到大部分人都很淡定的樣子。

「嗯啊，這周圍都是老房子，現在也沒什麼人在使用，經常有貓來閒逛，偶爾也會有好奇的貓湊過來，不過不多，畢竟大部分的貓還是挺膽小的。」那人解釋道。

正因為如此，之前就算有人發現鄭歎蹲窗戶那裡瞧著這邊，也沒誰大驚小怪。

可是這隻不同啊！焦威心裡嘀咕。

既然已經被發現，鄭歎也不躲躲藏藏的了，但是也沒跳進去，換了個靠得近些的窗臺蹲那裡繼續看。

這些人跑了幾輪，每輪上場的車型都不一樣，跑道也有差別，而且跑完之後雖然也談論跑後的成績，更多的卻是技術上的一些話題，那些鄭歎完全是個外行。

曾經還是人的時候，鄭歎買車，有人送過一個汽車模型給他，他全當玩具放在那裡，那種東西很多人都是拿來收藏的。大部分人還是覺得拿著搖桿去控制遙控車在外面跑的，都是沒長大的小孩子，至少鄭歎是這樣想的。

鄭歎不知道幾年後在汽車模型這方面有多少進步，他也不曾花心思去瞭解多少。不過，現在看到這些人玩模型車，他確實很感興趣。

從那天之後，鄭歎下午時分經常來這一片地區，就在離這棟老房子不遠的一棟低矮的青瓦房上面曬太陽，聽到屋裡有動靜就過去圍觀一下。

經過兩個星期的時間，鄭歎知道了這些人每週一和週四下午三點都會來這裡跑車。這些人來自不同的院系，有機械工程的、有電子資訊的、有數學統計的，還有物理學院、化學學院等院系的學生，因為共同的愛好聚集到一起。而這些人的領頭者，就是那位「程學長」。至於更詳細的資料，鄭歎就不清楚了，想打聽消息太難。

這些學生每次過來跑車的時候，也會帶來一些簡單便攜的儀器，完工之後，該帶走的帶走，懶得帶走的就直接放在紙箱裡，擱在高架子上，他們離開的時候也會將這棟建築的門窗都關好、大門鎖上，留在這裡的東西也沒有什麼太值錢的，他們也不擔心。

而他們也從焦威口中知道了鄭歎的來歷，知道鄭歎是生科院某位老師家的貓，跟焦威還熟，所以每次看到鄭歎圍觀，他們也會給點小零食什麼的。

可惜鄭歎不領情，對那些零食掃一眼就再也不看了。也有人抱著逗貓的心思，晃一下毛繩或者扔一個輪胎滾來滾去想要吸引鄭歎的注意力，鄭歎像看傻瓜似的看看他們，然後又將視線放回跑道上跑動的遙控車上。

弄不到車，過過眼癮總行吧！

跟這些學生熟悉之後，鄭歎每次來也不再待在窗臺上了，索性直接進屋，站在高架子上，居高臨下看著下方的情況。

五點多的時候，活動結束，學生們一個個開始收拾東西。

鄭歎從高架子上跳下來準備離開，跳上窗臺的時候，鄭歎突然聽到後面有人談論自己，腳步慢了一下。

「你們說為什麼會有貓對這種遙控車感興趣？」有人看了看窗臺處背向他們的黑貓，問道。

「貓本來就對這種小型的會動的東西比較感興趣，沒什麼好奇怪的。」

「才不呢！我姐家那隻見到這種就跳開，更別說在旁邊圍觀了。」

「貓不是都喜歡毛茸茸的東西嗎？這裡都是一堆硬邦邦的材料或者零件。」

「我舅家那貓就喜歡蹲旁邊看我外甥玩遙控車，可牠就是不近距離接觸。」

聽到這些人的談論，焦威嘴角扯了扯。這些人不熟悉那隻黑貓，跟看普通貓一般看他，可他知道，那隻黑貓估計正聽著這些人的談話，沒看到那立著的貓耳朵往這邊側了側嗎？而且那有節奏一勾一勾的尾巴也證明那傢伙在琢磨什麼事情。

只是，焦威不能將心裡想的說出來，焦副教授曾經找他談過話，平日裡關於這隻貓要注意的事情焦威記得很清楚，所以他現在只在心裡說說。

◆◇◆◇◆◇◆◇◆

鄭歎回到焦家吃完晚飯之後，思量了一下，然後果斷跑了出去。目標是那片老瓦房區。他這幾天腦子裡都是那些奔跑的遙控車，確切點說，是那種縮小版的汽車。那些人手上有一部分的遙控車已經不能稱之為玩具了，都是充滿技術性的「高級貨」。

這段時間一直在想車的事情，以至於有一天趴在樹枝上曬太陽的時候聽到下方走過的兩個大學生談論「車模」的話題，鄭歎的第一反應竟然是「汽車模型」而不是「汽車模特兒」！直到聽見那兩個大學生說起那些或冷豔或張揚身材火爆的美妍時，鄭歎才反應過來此「車模」非彼「車模」。

鄭歎突然覺得自己純潔了好多，想當初聽到「大波」這個詞思維都能直接歪得老遠。

抬頭看了看天空，月朗星稀，還算不錯。

老瓦房區沒什麼路燈，只有邊沿靠幾條行車道的地方有，其他大部分地方都是暗淡一片。估計校方覺得這片區域遲早要推倒了重建，就沒必要換路燈。

鄭歎正沿著小道往焦威他們跑車的那棟房子走，突然感覺自己被跟蹤了。由於風向的問題，鄭歎嗅不到什麼異常的氣味，但他能夠聽到微小的擦動草叢的聲音，而且憑直覺，他覺得有誰在看著自己，但是並沒有惡意。

一個黑影從灌木叢那邊跳過來，直撲向鄭歎這邊。

鄭歎警戒著，從那個黑影還沒跳起的時候就知道了方位。見對方撲過來，鄭歎跳開，同時揙了幾巴掌，力道不大，就像一般貓與貓之間玩耍的那種程度。

鄭歎還真沒想到會在這裡碰到警長，這傢伙最近晚上都沒怎麼見到人影，現在看來，是跑這邊來玩了。也是，這片老瓦房區離東教職員社區的直線距離也不算太遠，而且人少貓多，大晚上的經常鬼嚎。

遇到警長並沒有改變鄭歎的行走路線，稍微停頓了一下之後，就徑直朝焦威他們跑車的那棟老瓦房走。

警長看了看漸漸走遠的鄭歎，又看看草叢裡出現的兩隻貓，甩甩尾巴，還是跟著鄭歎跑了過去。不過草叢裡的貓也跟了上去。對於這些貓來說，並沒有一個詳細的具體的地方作為目的地，牠們只是來這邊玩而已。

警長在跟著鄭歎的路途中，也會拐到邊上跟那些貓追追打打鬧著玩，這幾隻玩鬧的聲音吸引了更多出來玩耍的貓，於是越來越多的貓朝這邊集攏過來。

這種現象並不是因為某一隻領頭，在貓科動物裡面，只有獅子是群居。很多人說貓都比較獨斷獨行，或許正因為這種「獨」才造就了貓的性格，以至於有時候思維另類難以捉摸。當然，生活在人類世界的貓也會找伴玩耍。

至於為什麼這裡沒有形成一種「區域勢力」，鄭歎想了想，應該是這個地方本身的原因——又不是牠們的老巢，只是個玩樂的地方罷了，出現的貓也不固定，像警長，應該還算一個「新來不久」的。

鄭歎沒理會在周圍跑動的貓，獨自沿著小道一直走，同時也注意著周圍的老瓦房。他曾經聽過幾個校內清潔人員聚一起聊天提到的，學校雖然在這片老瓦房建築區沒有什麼大動作，但隔段時間還是會派人過來清理，而其中一個事項就是清理流浪貓。

有一次，負責清理的工人發現其中一棟瓦房裡面有一窩貓崽，沒見著母貓，一時不知道該怎麼辦，最後還是一個環衛工將那一窩貓帶回家餵養。後來也沒聽到有母貓在周圍叫，估計是母貓出去覓食的時候被人抓走了。

還有就是，鄭歎在這片區域閒晃的這段時間，漸漸發現這地方很多老瓦房並不是沒人活動，除了焦威他們那群學生之外，還有一些人申請了臨時使用權，都是一些找不到合適地方的學生社團。學校鼓勵學生們自強、創新，對很多社團和同好會也是秉著支持的態度，找的老瓦房也都是經過檢查的，就算外面看起來有些像危樓，但真要使用的話，也能使用個幾年；而其他標了記號的老瓦房就不行了，那是真正的危樓，容易出事。

這樣一來，有人活動，那些流浪貓在這裡「定居」的機率就更小了。

所以，來這邊玩的並不是定居在這裡的貓，而是來白生活在附近地區的貓，其中也有西教職員社區那邊的，剛才跟警長追打得最厲害的那隻就是。正因為這樣，鄭歎才不怕被群貓圍攻；若真的被圍攻，就算鄭歎力氣比較大，結果也不會好到哪去。

鄭歎翻過外面的施工圍籬，來到焦威他們跑車的老瓦房前，看了看，大門關得嚴嚴實實。門是那種厚木板門，看著還有些老舊，之所以不用金屬門或者柵欄門，可能是為了避免「此地無銀三百兩」之嫌，畢竟周圍的瓦房都是木板門。

鄭歎沒從大門走入，旁邊有扇窗戶的右上角那裡沒有玻璃，鄭歎跳上窗臺之後，從那扇破窗翻進去。

在鄭歎之後，警長跟著翻了進去。對貓來說，翻窗戶未必比走門的次數少，翻起來容易，熟練得很。其他幾隻貓雖然也有跟過來這邊的，但跟著翻進來的就兩隻。

警長和另外兩隻貓進去之後到處嗅嗅，瞧了瞧。鄭歎也沒管牠們，跳上一個擱東西的架子，從裡面翻找出一個還沒裝上外殼的遙控車，以及配套的搖桿。

警長不明白鄭歎到底在幹嘛，看到鄭歎將遙控車放到跑道上，便湊過去嗅了嗅，抬爪子拍拍，發現沒意思，正準備離開去找找有什麼好玩的東西，突然聽到遙控車發出聲音，嚇得弓起背往後跳！但很快的，見遙控車開始在跑道上跑動時，這傢伙膽子就大了起來，在跑道旁邊跟著跑。

鄭歎用爪子在搖桿上按動，控制遙控車有些生疏和不便，搖桿比較大，抱著不方便，鄭歎直接將搖桿放地上操縱。一開始跑，車就直接撞到跑道旁邊的塑膠防護上了。鄭歎走過去將翻倒的車又翻過來，重新放在跑道上；沒過幾秒，又撞上了，他將車再翻過來。而且又因為是環形的跑道，駕駛難度大了點，鄭歎現在的貓爪子在細節上的控制也不好，他從來沒感覺操控這種玩具似的遙控車難度會這麼大。

就這樣，撞上、翻回來，又撞上、再翻回來，反覆幾次之後，狀況才好了許多。現在他已經能將一圈之內的撞擊數和翻車數降低到五次以下。

剛才太專注，等鄭歎重新注意周圍的時候才發現，跑道邊有好幾隻貓在圍觀。

估計是見到新事物有些警惕，這些貓沒有靠太近。警長一開始跟著車跑，後來發現車速比較快，而且車也只在這個範圍內跑動，便蹲在那裡盯著瞧。

休息一會兒之後，鄭歎準備再次開始，可突然耳朵一動，看向外面，然後輕跑到牆邊，跳上一張靠窗的椅子，立起身，從窗戶往外看。

一處施工圍籬被推動，有兩道鬼鬼祟祟的人影從外面進來。月光下，就算是人眼也能看到他們，可惜這周圍一到晚上就沒什麼人，小情侶約會也很少走到這邊，畢竟沒有路燈，沒安全感。

小偷？這種可能性最大！

只是，就這個破地方還有人看中？

那個人進了圍籬之後，往周圍看了一圈，發現沒有其他人，招呼身後的人一起進來。

一男一女，看起來都很年輕，像是學校學生的樣子。這種小情侶式的竊賊太多了，有什麼也能夠打掩護，不過鄭歎感覺這兩人的「道行」比不上以前在東教職員社區遇到的那兩個。「道行」不算高，也容易對付一些。

那人推動施工圍籬的時候，待在外面的貓就受驚跑了，所以那一男一女並沒有察覺這周圍有多少貓。施工圍籬是由一些輕便材料搭設起來的，品質並不是很好，日子也久了，現在有好幾個地方都破損，一推就能推開一道大空隙，想要進來很容易。

鄭歎見他們往窗戶過來，跳下椅子，往周圍看了看，角落那裡有一把扳手，估計不常用，放那裡都蓋著一層灰，平時沒人注意，那些人收拾東西的時候也沒集中放置。

鄭歎走過去將扳手拿起，掂了掂，然後悄悄來到離門口四、五公尺的地方。

屋裡的幾隻貓也聽到外面的動靜了，靠門的一隻貓退到裡面跟其他同類窩在一起。

鄭歎現在是以直立的方式行走，他也不怕這裡的貓告密，反正這些貓連他這種異於常貓的舉動都看不明白，更別說去找人類告密了。

拿著扳手，鄭歎聽著門口兩人的低聲談話。就算他們認定這裡面沒人，也不敢大聲交談，畢竟這時候也說不準施工圍籬的另一邊會不會有人經過。

「這裡面……真的有值錢的東西？能賣多少錢啊？」刻意壓低的女聲問著。

「肯定有啊！那些人玩的東西，只要我們轉手賣出去，幾百、上千絕對有，說不定還能更高價！賣來的錢可以讓妳多買幾件衣服，上次逛街的時候妳不是看中某個包嗎？賣了那些東西，那包就有了，還能買名牌香水。」那男的說道。

「你沒鑰匙開鎖行不行啊？」女生懷疑了。

門鎖的聲音響起，外面的人應該在撬鎖。

因為從前發生在東教職員社區的一些事情，鄭歎對小偷的印象相當不好，可謂是惡劣至極。而依鄭歎的性子，雖然懶得管閒事，但一關係到他自己，撞見一次就整一次！在東教職員社區的時候能夠借牛壯壯牠們的口，而現在，得自己解決了。

屋裡的貓並沒有發出任何聲音，這時候牠們只是警戒著，也做好隨時應對和逃跑的準備。

木板門拖著長長的「吱呀」聲漸漸打開，銀白的月光照進來。

「嘿，我說吧，這門鎖難不倒我。」男子得意洋洋道。

「小心點，別突然跑出個人來。」女生似乎還有些害怕，但名牌的衣服、包包、香水等物品的誘惑太大，她還是跟著進來了。

「沒事，絕對沒人……」

聲音戛然而止，因為他們看到了一雙雙發光的眼睛。

在寂靜的黑夜裡，銀白的月光下，古舊的老瓦房內，尤其還是在兩人都做著虧心事的時候，突然見到這些發亮的眼睛，總會讓人感覺恐懼。

「啊……」

女生想叫出聲，剛發出一個音就被男子捂住嘴了。

「別怕，只是貓，不是人……」

雖然剛才他也嚇了一跳，但估計幹這種事的經驗比較多，心理素質比那個女生強。可是，還沒等他將話說完，臉上突來一陣劇痛。

「砰！」

鼻血四濺，門牙掉了一顆。

曾經有人感慨，當賊遇上貓，貓能幹啥？狗還能預警，還能上去咬，貓估計早就跑了，或者直接蜷縮在哪個角落裡睡覺。

是的，大部分情況是那樣。可惜，今天這賊運氣不好。帶著血跡的扳手掉落在地上發出「鐺」的一聲脆響。而屋面的貓也因為這聲脆響，在驚嚇和害怕的驅使下，開始跑竄。

鄭歎沒跟那些貓一樣往遠離這裡的地方跑，在那個男子還沒反應過來的時候，抄起一把矮板凳扔了過去。

「磅！」

又是一擊。

血從鼻子裡流出，捂著的手指之間黏糊糊的。那男子感覺頭很暈，但即便如此，有一件事他知道：這屋裡絕對有人！而且憑剛才扔過來那東西的力道，絕對不是個小孩。馬的，怎麼會真的有人？！

黑暗中，鄭歎換了個地方，站在另一張矮凳旁邊，如果那名男子還有能力撿起地上的扳手，他不介意再使勁甩一凳子，先前之所以不砸，是他不確定以自己的力道就這樣砸過去會不會要人命，畢竟相比東教職員社區那時候的小偷，他對這兩人的仇恨值不算高。

鄭歎也不怕那名男子的發現他，只要不衝出去，扔椅子的動作不暴露在月光下，沒人會聯想到他身上。

其實鄭歎倒是想跳過去踹幾腳、搧幾巴掌，但他不想自己被人發現異常，所以盡量藏著，只是想造成一種這屋裡其實有人的錯覺。

至於那個女生，歪心思不少，膽子卻不大，剛才突然發生的事情讓她真的嚇壞了，她想找找看地上有沒什麼長一點的工具來防身，那些貓看上去著實嚇人。可一低頭，她就直接對上一雙亮亮的貓眼。

她看見那隻貓站在離她兩步遠的地方，沒動，就這樣盯著她看。從那雙因為反光而發亮的眼睛中並不能看出多少情緒，不論是友善還是好奇或者警惕，都被那亮光所覆蓋。

女生心裡很害怕，卻也管不了那麼多了，從隨身的一個小包包裡掏出東西就朝眼前的貓砸了過去，也沒注意那東西到底是什麼。

面對這種情況，真正敢直接與人類對上的貓，東教職員社區裡除了鄭歎之外，也就只有大胖了，可惜那胖子在家裡屯膘。若是阿黃遇到，沒二話，逃了再說。不過現在與這女生對上的是警長，牠也會逃，但如果有機會的話，在逃之前牠會先上去撓一爪子——而警長也確實這樣做了！

憐香惜玉什麼，他喵的完全不懂啊！

警長撓完一爪子就飛快往回跑，跳上一個架子。對牠來說，躲上面安全些，同時還壓著耳朵炸著毛看向那個女生，和其他幾隻貓一樣，發出「嗚嗚」的低吼。

大白天裡聽到這種吼聲，沒太大的反應，但在這樣的環境下，散布在屋裡各處的貓同時發出這種聲音的時候，聽著就讓人心裡發毛。

鄭歎往旁邊掃了一眼，發現那女生捂著臉，尖叫一聲，然後轉身跑了出去。

依照那女生的身高，還真的有可能是被警長跳起來後撓傷臉，就是不知道撓成什麼程度。難道是警長那傢伙偷看女生們打架揪頭髮抓臉的時候學到的一招？不管怎麼說，這傢伙……行為越發猛了。

女生一跑，剛準備還擊的男子也轉身溜了。好不容易腦子清醒了點，但是屋裡的情況並不明確，也不知道到底有幾個人，如今就他一個人面對的話，他自己心裡也沒底，還不如逃了的好。

堵在門口的這兩人一跑開，屋子裡的貓也往外跑了一些。

鄭歎沒追，也沒立刻跑開，蹲在原地想了想。

現在時候不早了，按照平時的習慣，應該回家，再晚的話焦爸焦媽會有意見，怕他再出事。可現在……

地上還有血跡，就算把門關上，下次焦威他們那群學生過來的時候估計會被嚇到，也不會有人知道發生了什麼事，真要查的話，時間一久也查不出什麼來，想採取什麼措施來預防就晚了。今天是週四，到下次他們過來還有三、四天時間，誰都說不準這三、四天裡會不會還有賊光顧，有一次就有第二次，留在這裡的東西值不了太多錢，但那也只是相對而言，即便只能賣個千百元也能讓賊惦記上。

能玩上這個的學生大部分應該都不缺錢，焦威這類的學生則占少數。可那些學生花心思將這屋裡整理成這樣，若是被搞亂了、一些零件丟了，絕對會很不爽。

他該去提醒他們，還是不管閒事？

事實上，他一走了之也是可以，這裡的人都知道雖然定居在此的貓不多，但在這周圍活動的貓卻很多，他們也不會聯想到他身上；再說這裡是遭賊，不是貓故意搗亂，要歸罪也是找到賊身上，與貓無關。

鄭歎不想管閒事，但如果這次能讓那些學生感謝自己的話，以後就算玩壞他們的車，他們也不會生氣吧？

與其想著去求人幫忙，不如讓人欠人情——這是鄭歎經歷一些事情、認識一些人之後總結出來的。

像何濤和葉昊那種人，你求著他們，就算拿出一些利益來交換，頂多只是臨時滿足一下你的要求，但讓他們欠人情就不同了，那是長遠投資。

決定好之後，鄭歎將剛才玩過的車和搖桿都放回原處，然後走到環形跑道邊。

為了烘托氣氛，環形跑道的裡圈和外圈都插著一些小旗子，紅、黃、白、黑、藍各色旗幟都有。上面還有那些人畫的畫、寫的字。

鄭歎將小旗子拔出來一些隨意扔在地面，不然只拔一根太顯眼了。

抓起那面白色的帶字的小旗子，讓旗子的尖角往尚未凝固的血跡裡面蹭了蹭，沾上血跡，然後鄭歎小心地叼住乾淨些的旗桿，往外跑。

警長跟著跑了出去，可剛出門跑幾步就沒見鄭歎的影了，甩甩尾巴，又折了回來，自己找樂子。反正裡面還有幾隻貓沒走，牠可以繼續玩一會兒。

鄭歎叼著沾了血跡的小旗子往焦威他家小餐館跑。這段時間焦威家的小餐館生意不錯，焦威晚上會在那邊幫忙到十點多才回宿舍。

此時，焦威在幫忙擦桌子，最後一撥人剛吃完離開。他正擦著桌面，一個身影突然衝過來跳上桌子踩出幾個腳掌印。

鄭歎將那面小白旗放在焦威眼前，心裡還想著這小子到底瞧不瞧得出來小白旗的來歷。

焦威看到放在眼前的小旗子愣了愣，注意到上面寫的字和血跡後，看看鄭歎，再看看小旗子，提起鄭歎左右檢查了下，發現沒受傷。

「這血跡誰的？！不對，旗子不是在那邊的房子裡嗎？」

那些小旗子上的字是他們開玩笑的時候寫的，有簽名、有比賽記錄，而這面小旗子上就是上週一測試性能時的比賽結果，焦威當然能認出來。

問出話之後，焦威才想起眼前只是一隻貓而已，也不再多說，立刻用店裡的電話打給同學。

「……確定真的鎖門了？哦……沒事……我問問而已。」

掛掉電話，焦威跟他爸媽說了聲之後，就騎著他買的二手自行車往老瓦房那邊過去。

蹲桌面上的鄭歎看著焦威遠去，心裡罵了一聲「居然丟下功臣自己跑了」！然後跳下桌，沒直接回家，他打算去老瓦房那邊看看熱鬧，這報信的功勞還沒決定呢，不然白忙活一場。

鄭歎到的時候，焦威剛打完電話給其他幾人，正往那邊走。老瓦房區靠車道的路邊有座公用電話亭，焦威就是在那裡打電話。

接到電話的人，甭管在玩遊戲的、泡妞的、睡覺的，一聽說跑車的地方門被撬了，立刻扔下手頭的事情跑了過來，順便通知其他沒聯絡到的人。

至於那棟老瓦房內，鄭歎到的時候沒看見警長，估計回家了，還剩下的幾隻貓應該是見到焦威之後也跑了，現在空蕩蕩的。

燈開著，血跡已經乾了，但門口那個帶血的扳手和小矮凳還留在原地，焦威沒動它們。

其他人匆匆忙忙趕過來後，一眼就看到門口的扳手和凳子。

「臥槽！這裡打架了嗎？都見血了！焦威你沒受傷吧？」一個人問道。

「沒事，不是我的，我來的時候就這樣。」焦威將自己到場時的情況簡單說了一下。

「門鎖被撬過，雖然不明顯，但也能夠看出一些劃痕。」另一個站在門口的人說道。

鄭歎就靜靜地蹲在旁邊，聽著他們討論，等焦威將他叼旗子的事情說出來後，幾人還湊到鄭歎眼前，表揚的表揚，問問題的問問題。不過鄭歎保持著一副茫然狀，裝作什麼都不知道、也聽不明白對方在說什麼，顯得跟其他的貓沒多大區別，心裡是終於定下了，這些人沒否定他的功勞就好。

「算了，問一隻貓也問不出什麼，牠能找焦威通風報信已經很不錯了。」程學長說道。

旁邊一人點了點頭，「也是。馬的，要是讓我找到誰撬的門，看我不揍死他！」

「真沒想到這地方還能被惦記上。」

「嘖，現在的人，一點蠅頭小利就能做出偷雞摸狗的事來。」

「可我們學校這麼好……」

「能力與人品不成正比。」

不管此刻有多憤怒，他們的事情還是很多的。收拾一下地面的東西，檢查丟了什麼，還換了個門鎖。等他們忙完，發現已經十一點了。

「我靠！居然都十一點了，宿舍關門了，又要被門衛罵了。」

「你們十一點關門嗎？我們十一點半。」

「那是因為你們是碩士生宿舍，我們大學部宿舍都是十一點關門。程學長，這次你得幫幫我們，不然那門衛老頭能嘮叨一星期。」

「為什麼要程學長出面？」焦威有些疑惑。

剛才說話那人與焦威同一個學院、同一棟宿舍樓，只不過是大三的。

「那老頭差別待遇啊！」旁邊一人插嘴。

「宿舍門衛也得罪不起啊！看上去不起眼的老頭，說不定就是學校裡某位高層的親戚。以前我們宿舍有個學生跟門衛吵架，他覺得門衛就是負責看門的臭老頭而已，沒想到第二天就被助教叫過去談話。後來才知道，那老頭的兒子是學校的行政人員，聽說職位還不低。」

鄭歎沒再聽他們談話，急著回家，都十一點了，他回去同樣得挨罵，而且還會被焦媽嘮叨好久，一星期……估計都不止。

第七章 當貓遇上「宇宙速度」

因為賊的事情，玩遙控車的那些學生對鄭歎的印象好了很多，容忍度也提高不少，還有人做了個簡單的 1:8 比例的車子讓鄭歎蹲著玩。

可是很多事情，新鮮感過了之後，就倦了。

鄭歎本就不怎麼喜歡讓控制權掌握在別人手中，而且被圍觀的時候他感覺自己像一個耍猴戲的，蹲在遙控車上，然後等著那些人控制搖桿來讓車跑動。玩過幾次之後，鄭歎就不再蹲車上玩了，沒了當初面對遙控車的激動心情。所以每次到社團活動時間，他去了之後就站在窗臺那裡看著那些學生玩車，打個盹，再幻想一下自己的小車。

他其實很清楚車的事情只是個幻想而已，不可能會有那種屬於自己的特製小車，畢竟他現在只是一隻貓，誰會花那麼大的精力和財力去為一隻貓造車？而且花錢做一輛貓用車之後也未必能用上，浪費錢。這些學生就算感謝鄭歎的預警，也僅僅是允許鄭歎玩玩車而已。

打了個哈欠，鄭歎準備換個姿勢繼續趴著，一扭頭，發現不遠處的繼木叢旁邊站著一個人。是個熟人。

鄭歎自認為自己的警覺性滿高的，可剛才卻壓根沒察覺到童慶站在那裡，這人的存在感真的很微弱，也正因為這樣，才不可小覷，不然也當不了方邵康的司機。

——童慶什麼時候來的？來了多久？

——又或者，這傢伙已經監視這邊好久了？

瞧了周圍一圈，鄭歎沒看到那輛四個圈的車，也沒看到方邵康。

正想著，老瓦房裡有個學生招呼鄭歎過去玩車，讓鄭歎轉移了一下注意力，回過頭再看向窗外的時候，童慶已經不在那裡了。

心裡疑惑，鄭歎也沒在這裡久待，跳下窗，往東教職員社區跑。

經過大門警衛那裡的時候，鄭歎特意放慢了腳步，讓警衛大叔看到自己，如果方邵康來過，警衛大叔肯定會說一句的。不只是鄭歎，就算是阿黃、警長或者撒哈拉等寵物貓狗路過門口，警衛大叔看到都會說個一、兩句話，或者叫叫名字，估計一個人在這裡寂寞了，沒人聊天。

甭管是大門警衛還是樓管阿伯大嬸，眼力都好得很，記憶力也好，有誰來過、找哪家人的，一次之後他們就記住了。所以，只要看到方邵康那輛四個圈的車，警衛大叔就知道是找B棟焦老師家的。

可惜的是，警衛大叔現在只是說了句「喲，今天回來得這麼早」，就繼續看報紙了，壓根沒提四個圈。

這讓鄭歎更疑惑了，不來社區找人，那麼童慶怎麼會出現在老瓦房那邊？童慶這人沒有方邵康的指示，是不會隨意行動的，也就是說，自己去老瓦房那邊看人玩車的事情，方邵康肯定都知道。那麼，他會不會買臺遙控車送來？

鄭歎趴在一棵梧桐樹上，思考著方邵康買遙控車的可能性。

接下來幾天，鄭歎刻意觀察了一下，沒發現童慶的存在，也沒聽焦爸提過方邵康和遙控車的事情。

現在焦爸又開始忙了，易辛也沒見到人，至於蘇趣，整天待在實驗室，為了在今年院裡的學術年會上大放異彩。

◆◇◆◇◆◇◆◇◆

又是一年學期末，焦家的兩個孩子都在為期末考做準備。

周圍的人都在忙碌奔波，鄭歎覺得自己實在閒得發慌。大胖在陽臺上打盹，阿黃不知道吃了什麼拉肚子被關在家裡休息，警長不知道又跑哪裡去閒晃了。

閒得無聊的時候，鄭歎就喜歡到處走走，看看新鮮事物，不然他真的有種混吃等死的感覺。

好久沒去焦遠他們學校走動了，鄭歎決定往那邊走走，這次再走遠一點看看。

往側門那邊走的途中經過一座運動場的時候，那邊的籃球場上有很多人跑動著，也有人在加油吶喊，估計在進行籃球比賽。

鄭歎跳上一棵樹準備瞧瞧，還沒站穩就聽到一個大嗓門嚷嚷著：「妓院的兄弟們！加油！」

聽到這句，鄭歎差點從樹上滑下去，等站穩往那邊一看，發現原來是「計院」。

籃球場旁邊立著一塊牌子，寫著「04計院 VS 04經管」。

和國高中生、小學生相比，大學生們的心裡輕鬆得多，經歷過大學聯考摧殘的人，大學的期末考對他們來說並不算什麼。最近籃球場上的人照樣很多，尤其是現在這種情況，兩邊的隊員都像打了興奮劑似的，因為周圍站著一圈經管學院的漂亮妹子們。

計院男人多，經管妹子多，甭管計院的還是經管的，籃球場上的隊員們都卯足了勁要秀一把。場邊休息區有個穿著「04計院」隊服的學生拿著礦泉水灌了兩口，對旁邊的人道：「高中時總喜歡穿著NBA裡自己偶像的隊服，現在卻喜歡穿印著自己名字和院系的這種死板隊服，穿著還有點小激動。」說著，他又朝場上吼道：「計院的兄弟們，壓倒經管的！」

站在場地對面的經管學生朝這邊怒目而視。

喊話的那小子越發得意，不管怎樣，對面的妹子們都看過來了不是？

正當鄭歎和計院的男學生們一起圍觀妹子的時候，工學院某樓的一間辦公室內，程仲看著眼前放著的一份合約書，有些糾結。

私底下兼差這種事情太常見了，雖然研究所導師們總希望自己的學生將所有的時間精力都投入他們的工程專案中，但憑那點微薄的「薪水」和國家補助金，連幫女朋友買個包都買不起。所以，有能力兼差的人碰到了也是會接的。

程仲從大學時就開始兼差了，他也不怕被導師說，反正導師們心裡都有底，只是裝作啥都不知道而已。而此刻擱放在程仲眼前的這份合約，報酬很誘人，可這工作有點讓人費解。

「方先生，這種遙控車我沒做過。」

「沒事，我相信你的能力，你以前接的工作我都看過，很不錯。」

「可這種型號的……」

按照資料上所寫的，比普通的 1:8 比例的遙控車要大，若說給小孩子玩，那也不適合。這到底要給誰玩的？程仲不理解，可對方現在並不願意透露太多。

方邵康敲了敲桌面，「不需要你立刻就答覆我，我給你考慮的時間。」

程仲鬆了一口氣，點點頭，見對方接下來並沒有什麼動作，便斟酌了一下話語準備送客：「那明天再……」

「好，時間到，你考慮得怎麼樣了？你的答覆是什麼？」方邵康的視線從手錶上移開，認真且嚴肅地看向程仲，等待他的決定。

程仲：「……」所以，這人的前一句話是在放屁嗎？！

而且方邵康此刻這個嚴肅認真的「我沒說笑」的表情，讓程仲有種一口氣呼出一半卻突然憋在心裡的委屈感，從方邵康說「給你考慮的時間」到「時間到」，這兩句話之間的時間間隔只有十五秒！

十五秒的時間考慮個屁啊！

這種不按規則來的做法讓程仲很無奈，手指擦了擦額頭，要不是知道眼前這人是位大人物，連自己的導師都得給面子的人，程仲真想上前去搧兩巴掌。

似乎知道程仲此刻的想法，方邵康不緊不慢地解釋：「商場上，廣告大戰有『十五秒戰爭』一說，十五秒是廣告片中最常見的通用的版本，在有限的十五秒時間裡，可以鍛造出無限生命的影響力來。十五秒，也足夠一個人從盛怒變為冷靜，調控情緒。而在行銷上，一個優秀的銷售員能夠在十五秒內讓客戶心理淪陷。現在，我相信以你的腦子，十五秒時間足夠讓你做出決定了。」

程仲：「……」

重新將眼前的合約拿起來看了一遍，又將材料快速翻了一遍，程仲點頭道：「行，這份工作我接下了。」

既然決定接這份工作，程仲提出了一些疑問，方邵康一一解答。

至於方邵康找程仲的原因，主要是因為這小子接觸遙控車的時間夠久，在一些理論知識和操作實踐上相比一些所謂的專家也未必遜色，而且離東教職員社區夠近，車出了問題也好找人。

鄭歎對方邵康的所作所為毫不知情，他此刻已經從那個籃球場離開，到了焦遠的學校外面。站在圍牆上看了看，鄭歎發現窗戶上的一些報紙已經被撕掉，現在氣溫降低，很多人想曬太陽，沒必要再用報紙將窗戶貼得嚴嚴實實，這樣一來，鄭歎站在圍牆上往那邊一看就能看到教室裡的大致情形。

可惜的是，付磊那孩子沒坐靠窗的那裡了，估計是運動會立功以及與焦遠他們相處比較好的原因，班導師也稍微照顧了一下，往前調了兩排，在中間一帶。

既然靠窗區沒熟人，鄭歎也不去窗臺了，站在圍牆上繼續往前走，路過校門，走了十來分鐘，來到一處社區，挺普通的一處社區，周圍這樣的社區多。原本鄭歎也沒打算在這裡停下來，可按捺不住有人一直在下面「咪咪喵喵」地叫。

「嘿，你哪來的？我好像沒見過你，你不是我們這一帶的吧？」一個穿著「XX高級中學」制服的十七、八歲的學生朝鄭歎說道。

——不是妹子不用理。

鄭歎瞥了他一眼之後扭頭準備離開。

「啪！」

不遠處那棟樓一樓窗戶被大力拉開時發出聲響，一名婦女繃著一張臉探出頭看著這邊，用濃濃的本地方言吼出聲。

「沒事就多做做試題，都什麼時候了還不緊張起來，學學你哥！別成天跟貓玩，我看你智商都快降得跟貓一樣了！」

鄭歎：「……」躺著也中槍。

喊完話，那婦女往外潑了杯涼掉的茶水，大力拉上窗戶。

鄭歎將視線重新放回這位被批為「智商快跟貓一樣」的學生身上，看他的樣子，似乎對這種話免疫了，聽到之後臉上沒有任何變化，從眼神中也看不到多少波動，顯然這樣的情形已經發生過不止一次。

那人從牆角扯了根枯草桿過來準備逗貓，鄭歎沒打算理會他，抬腳繼續往前走，看看周圍的地形和建築。

拐了幾個彎，走著走著，鄭歎動動耳朵，他聽到了一些工地施工的聲音，往聲音傳來的方向看過去，只能看到從兩棟建築間露出來的位於遠處的吊臂。這周圍建築物太多，人也多，鄭歎一時也找不到好的觀察點。

——怎麼感覺那地方有些眼熟？

一時想不起來到底是哪裡，鄭歎在一個新的地區溜達，方向感模糊了些，也沒往深處想，等溜達得差不多了就沿原路返回。

往回走的時候，鄭歎再次路過那個社區，那個穿著某高中制服的學生正和另一個人說話。之前不知道他們在說什麼，周圍車喇叭嘀嘀聲太干擾聽覺。等車喇叭聲停止，鄭歎走近的時候，就聽到那人一聲嫌棄的「哼」聲和帶著嘲諷口吻的「燕雀安知鴻鵠之志」。

制服男無所謂一笑，「此言大大差矣，鴻鵠又怎知燕雀之樂？」

鄭歎就蹲在圍牆上聽這兩人辯論「燕雀」與「鴻鵠」的問題，一個是帶著高高在上的「汝不知天地之高大」的優越感，另一個擺著副「老子就這樣，你能奈我何」的死樣子。

聽這兩人的談話，鄭歎也瞭解到，制服男眼前這位就是之前那婦女所說的「學學你哥」裡面的「哥」，兩人都是高三學生，同一所學校，並不是明星高中楚華附中，而是離這裡比較近的一所普通高中。

姑且不說這兩人誰對誰錯，以及誰在理、誰比較欠扁，鄭歎聽了他們的談話之後只能感慨，不愧是高三的學生，甩文言文一溜一溜的，有時候一句話裡面蹦出三句成語，讓鄭歎這個學渣聽著特別費力。

沒幾分鐘，那位「哥」不耐煩的離開了，制服男在原地站了一會兒，扭頭看向社區外的時候瞧見蹲在圍牆上的鄭歎。

「咦，你又來了啊？！」

剛才還表情淡淡的人立刻露出笑，撿起剛才扔在旁邊的枯草桿準備再次過來逗貓。可惜鄭歎沒打算陪他玩，抬腳，回家。

楚華大學內一切都還是老樣子，看上去並沒有任何變化。不過，鄭歎在回去的時候聽到校外一間店鋪的中年夫婦談論到了廢棄工程改建商業廣場的事情。

相比起中心廣場那些大型的商業廣場，這個新的廣場肯定要小一些，可這周圍的學校多，除了楚華大學之外，還有一些其他學校，學生的錢比較好賺，一些商販們已經開始商討對策了。除此之外，好像還要建住宅區。那對夫婦瞭解到的也不多，所以鄭歎聽他們說只能知道個大概。

難怪之前覺得施工的地方有種熟悉感，原來是那塊地方，前段時間聽衛稜提起過一些，想來應該是葉昊達到目的了。

建起來也好，多了個玩的地方，只是不知道要幾年才能建好，希望葉昊他們的效率高些。

◆◇◆◇◆◇◆◇◆

第二天，鄭歎依然往昨日走過的那條路走，來到那個社區的時候，又見到昨天那個制服男。這傢伙好像準備出去，看到鄭歎之後嘮叨了幾句，似乎在趕時間，並沒有說太多。

制服男今天沒有穿制服了，換了一身休閒的、廉價的運動服，往社區外走的時候，那位婦女又在窗戶邊吼了幾聲，不外乎那幾句斥責制服男「不務正業成天只知道玩」的話，因為又瞧見鄭歎，那婦女順帶再次鄙視了一下貓的智商。

剛走出社區門，制服男碰到一個熟人，應該是附近的鄰居。

「鍾言，放月假（注一）了？這次月考怎麼樣？」那人問。

「就那樣吧。」鍾言語氣無奈。

「哎，你還真得跟你哥學學，昨天還聽說你哥做試題做到晚上十一點才睡，這次月考估計又是全班前十……」

那人吧啦吧啦吧啦說了一通，鍾言臉色不變，聽了一半之後就藉口離開了。

離開的時候，鄭歎還看到那人對著鍾言的背影搖頭，一副「孺子真不可教也」的嘆息樣。

鄭歎看著漸漸走遠的名叫鍾言的小子，動動尾巴尖，想了想，跟了上去。他就想看看那小子到底準備去哪裡玩。

路過一條巷子的時候，鍾言在巷口的一家店鋪買了一瓶酒，然後往巷子內走。

巷子比較老舊，鄭歎昨天經過這裡的時候看過，並沒有進去細看，現在跟著鍾言走進巷子才發現，巷子另一頭的建築物都被拆了。而站在巷子那邊的出口處，鄭歎能夠看到不遠處的工地，並不是廢棄工程的地方，是剛拆不久的老建築區域。

——看來這次動工的範圍挺大。

——大工程啊！難怪葉昊之前做了那麼多準備。

鍾言走出巷口之後就朝周圍看了看，然後便往一個方向走去。

這片區域沒有用施工圍籬圍起來，鍾言的目的地是臨時搭建起來的一間值班室，那裡聚集著幾個人，煙霧繚繞。工地內禁止吸菸，這間值班室就是現在暫定的幾個吸菸場所之一。

值班室裡抽菸的幾個人好些都認識鍾言，看到鍾言手裡的酒之後笑意更深，雖然現在不能喝酒，但晚飯的時候可以喝上兩口也不錯。

鍾言進去值班室不大會兒，便和一個戴著安全帽的中年人往工地外走。

鄭歎站在巷口看著那邊，戴安全帽的人掃了周圍一圈之後，指了指鄭歎這邊，便和鍾言一起走過來。

跳上旁邊一棟還沒拆的矮房，鄭歎看著兩人走到這邊。

「這貓是跟著你過來的吧？」那人將頭上的安全帽拿下，指著鄭歎對鍾言說道。

「嘿，寧哥你不說我還真沒注意。這貓我也是昨天才見第一次，不知道是誰家的，膽子倒挺大，不怕人。」鍾言看了看蹲矮房上的黑貓，說道。

那位寧哥只是笑著搖搖頭，沒再糾結這個問題，而是問道：「你這次月考怎樣？」

「還行。」鍾言答道。

相比起之前那位社區的居民，鍾言回答的時候看起來要真誠很多。

「這次來是想幹什麼？」寧哥問。

「還真是什麼都瞞不住你。」鍾言抓抓頭髮，道：「這不是還有一個月就放寒假了嘛，反正沒什麼事，我想打工，賺點生活費。寧哥你們這邊的工地到時候缺不缺人？」

聽著鍾言的話，寧哥皺皺眉，「怎麼會想來打工？你媽不給你生活費了？偏心也不至於偏心成這樣，親生兒子不待見，反而去討好別人的孩子。」

鍾言又搓著手掌，沒出聲。

「行了，你這小子現在還是將精力多放在課業上，明年考個好大學，別搞得跟我們一樣。至於工地的事，過年那段時間肯定有人要回家，這邊還有一些工作不能停，你要是不怕苦，可以來試試，都是簡單的苦力，其他的我就沒那能耐安排了。」

「那謝謝寧哥了！」鍾言很高興。

「謝啥！工地的事別擔心，肯定有缺，不過你最重要的還是考大學。像我們這種沒唸什麼書的人羨慕你們還來不及呢。」

「寧哥你們現在不也挺好的嘛？這兩年幹下來都買房買車了，老婆和孩子也都有了。」

寧哥他們雖然沒什麼學歷，但技術這玩意兒不一定在書本上就能學得好。寧哥他們幹這行已經幾年了，生手變熟手，錢也撈了些。

「你不懂，就算有了錢，社會上那些人看我的眼神照樣鄙視，別看他們在我眼前有多客氣，說不定在心裡貶低我呢！『粗俗』、『膚淺』、『土鱉』、『暴發戶』之類的詞我沒少聽過，以前能對自己說那些人在嫉妒，可這樣的人太多，我也不能自欺欺人……」

說著說著，寧哥發現鍾言垂著頭，覺得大概是自己給這孩子壓力太大，話語一轉，又道：「不過，老大以前跟我們說過，有些人的聰明限於書本，有些人的聰明卻能滲透進社會，誰能在未來生存得更好，現在都說不準，每個人都有他自己的評價標準，我活我自己的就行。時代在進步，我沒學歷的比那些知識分子生活得好，也就滿足了。小鍾，你雖然課業不好，但腦袋瓜不錯，以後肯定比我們這些人強。」

鍾言沒反駁，也沒解釋什麼，而是問道：「寧哥，你們老大有沒有什麼忌諱的？到時候我多注意點。」

「忌諱？應該沒什麼吧，我是道上混過的人你也知道……哦，我想起來了，聽說老大不喜歡貓，尤其是黑的。不過我們老大不常過來，你也不可能把貓帶進工地裡面，應該沒什麼事，你知道一下就行。」

說了一會兒話之後，寧哥站起身，拍了拍褲子上的灰塵，朝工地裡走去。

看著寧哥離開，鍾言對趴在那裡的黑貓道：「唉，真羨慕你們貓，吃了睡、睡了吃，什麼都不用擔心。」

對於鍾言這句話，鄭歎不怎麼同意，當貓這一年多來，無聊的時候占主體，吃喝拉撒都不用擔心，整天想的最多的就是怎麼去找樂子消磨時間。

鍾言為什麼喜歡貓，這得追溯到他剛搬來這裡的時候。

單親家庭和另一個單親家庭結成了一個新家，只是鍾言對這個新家並沒有任何歸屬感。那個年紀正是「形而上」的心理活動與「形而下」的生理活動共存的叛逆時期。

鄭歎不知道鍾言到底遇到過怎樣的事情，家家都有本難唸的經，鍾言也沒有細說，但鄭歎能夠從鍾言的言辭表情中猜到那絕對不會是一個美好的回憶。

當年那時候，剛和母親吵架的鍾言跑出樓，待在社區圍牆角落裡拔草發洩，傾斜的陽光讓圍牆在地面上投射出黑色的影子，鍾言就躲在牆角的影子區域，與陽光照射處不過一步距離，卻仍舊不願意邁出半步。

越想越委屈的鍾言抹抹發紅的眼睛，突然發現投射在地面的圍牆影子上有個貓的輪廓。扭頭看過去，逆光的刺眼感讓鍾言有一瞬間的恍惚。

站在窄窄的圍牆上的那隻花貓，帶著信步閒庭的隨意，俯視著圍牆下的人，彷彿什麼都干擾不了牠的心情。

抬手遮了遮陽光，鍾言往遠離圍牆的方向退了退，換個角度看過去。沒了刺眼的陽光，鍾言看到那隻花貓正瞧著自己，對視兩秒之後，那隻貓瞇了瞇眼睛，然後扭頭，繼續往前走去。

當那隻站在陽光裡的貓瞇眼睛的剎那，鍾言感覺周身環繞著一股愜意的溫暖，彷彿全世界都在微笑。他就站在原地，看著那隻貓在陽光下越走越遠。

鍾言在他家社區的時候總像是戴著一層面具，也就只有在逗貓的時候才露出點真性情。對比之下，鄭歎就能看出鍾言面對他媽和他哥的時候敷衍的態度。

周圍人總喜歡將鍾言拿來與那位異父異母的哥哥相比，而用一個詞語總結的話，就是「相形見絀」，覺得鍾言什麼都比不上他哥。

「人心這玩意兒，太複雜，你們貓不懂……其實我也不懂，只是無奈。你說，他們每次在我長出翅膀的時候就折掉，偏偏還嫌棄我飛不高、飛不遠，這是為什麼呢？小貓啊，你能理解我拚命唸書證明自己的能力，拿到高中聯考成績單樂滋滋給他們看的時候，卻被告知不准去楚華附中而是得和那位所謂的哥哥一同在另一所普通高中就讀的心情嗎？分文理科的時候，我本來想選文科的，可那男的說學文不好，他一個教物理的知名教師說出去沒面子，於是我被『理科生』了。所以我後來就想啊，為什麼要那麼急著證明自己呢？讓自己摔得頭破血流又何必？有時候表現得太優秀未必是好事。」

說著，鍾言撿起旁邊的一粒小石子，看了看鄭歎，問道：「你知道宇宙速度嗎？」

鄭歎：「……」宇宙速度？那是什麼玩意兒？聽起來好高深的樣子，但是有些耳熟。

鍾言將手中的石子隨意往上一拋，石子在空中劃過一段拋物線，落到地面上。

「這點速度只能讓它做出這種運動。洲際導彈能夠跨越數千至上萬公里，降落在另一處，而達到第一宇宙速度的人造地球衛星能夠脫離地面，繞著地球做環繞運動。當它達到第二宇宙速度的時候，就能擺脫地球引力的束縛；達到第三宇宙速度的時候，就能夠擺脫太陽引力的束縛，脫離太陽系進入更廣袤的宇宙空間；而達到第四宇宙速度的時候，就能夠擺脫銀河系引力的束縛，飛出銀河系。可是，在脫離之前，還要考慮氣動加熱和大氣阻力等，考慮其他一切可能影響結果的因素，降低風險……」

鍾言自說自話，可鄭歎聽著有些悶。

對著一隻貓談宇宙速度，鄭歎覺得眼前這孩子頗有焦爸他們的風範。而這些話裡面顯然隱含著其他意思，只是不知道這傢伙在影射誰。

同時，鄭歎也能從這些話裡面知道，鍾言這小子絕對不是個純良無害的！這小子極有可能在藏拙，而且一藏藏三年！

還真憋得住。鄭歎無法想像這樣一個十幾歲的小子從上高中第一天開始就藏拙。

很多事情，鍾言不能讓其他人知道，就算是幫過他很多次的寧哥也不知曉，可事情多了全憋心裡，久了會憋成神經病，更何況鍾言不過是個十幾歲的學生，不是歷經世事、飽經滄桑的老狐狸們，所以他得找個傾訴的對象——於是，周圍的貓便進入了這個傾聽的角色。而鄭歎，不過是巧合成為其中之一罷了。

跟一隻貓嘮嘮叨叨，在別人看來肯定有些神經質，難怪那個社區的人看鍾言的眼神有些怪異，也難怪他媽對貓總是懷著敵意。

鍾言明顯憋久了，而鄭歎又不像其他貓那樣聽一會兒就跑或者聽著就睡過去，因此，鍾言越說越多，從宇宙速度說到以後的打算，從中庸之道、因勢而宜，談到大學聯考時一匹黑馬壓全場的爽快感。

「別說高中三年，讀了這些年的書，別管你付出多少，最後的評價不就是大學聯考的結果嘛！考得好就是努力了、聰明了、以後騰達了，考不好就是失敗者……我得感謝他們跟我說話的時候不喜歡加主詞，所以對那些刺耳的話我就當沒聽見，反正沒加主詞，沒指名是我……」

鄭歎扯了扯耳朵，中文語法之類的東西，當年老師教的內容他全還回去了，現在他只知道「主詞」所代表的大致意思，聽得懂一點點鍾言的話要表達的意思。

至於鍾言這傢伙，說得好聽，這傢伙在披著「中庸之道」的外皮時，還不忘找機會朝人踩兩腳，就像剛才鍾言談到用雙氧水、碘化鉀和洗碗精整他那位異父異母的哥哥，最後還是沒人將嫌疑放到他身上。

——這傢伙在背後使壞，臉皮厚，夠無恥！

或許正因為曾經的經歷，讓鍾言樣成了如今的性情。

這小子明顯想脫離現在的家庭，大學聯考之後呢？後路如何？估計有他自己的安排，計畫成熟與否尚且不論，鄭歎只是佩服這小子的忍功。這樣的人，總讓人忌憚，以後成長起來，不知道會變成什麼樣子。

嘮叨分享自己的祕密之後，鍾言將腳邊的石子拾起來，使勁朝遠處扔過去。石子脫離鍾言的手，在空中劃出長長的拋物線，然後降落在一棟臨時工房後面。

「臥槽！誰他媽扔的？！」

鍾言聽到這聲音轉身就跑，跑兩步之後停下來看向鄭歎，「快跑！」

鄭歎只聽著那邊的嚷嚷，見鍾言緊張的樣子，知道估計砸中了不好惹的人，便起身跟著鍾言跑出巷子。

真不知道這小子的運氣是好還是差，就這樣也能砸中工地上一位暴脾氣的負責人。

跑出巷子後，鍾言靠在一根電線桿上喘氣，瞧了瞧正左張右望的黑貓，道：「那人脾氣很差的，聽說當年在道上有些名氣……唉，運氣真背，沒想到會砸中那個傢伙。還好沒被逮住，不然寒假過來打工的計畫就泡湯了。」

緩了一會兒之後，鍾言拍拍衣服上的灰塵，看看天色，往他家所在的社區走去。

鄭歎跳上圍牆，這時候也該回家吃飯了。

「真羨慕你們貓啊。」鍾言緩緩挪動步子，對回家這件事情表現得很不情願。

當貓好嗎？

如果鄭歎能夠說話，一定會告訴鍾言自己的切身體會。人們總覺得貓能夠自娛自樂，精神分裂症似的玩自己的尾巴和爪子都能玩上半天，似乎總是無憂無慮，可很多人都不知道，貓也有煩惱，貓也會焦躁、焦慮，只是很多人看不出來而已。

◆◇◆◇◆◇◆◇◆

晚上吃完晚飯，焦爸接了通電話，然後對著躺在沙發上看電視的鄭歎道：「黑碳，過來，方先生說有話跟你說。」

鄭歎正陪著焦媽看肥皂劇，今天講的正好是關於兩個單親家庭的事情，他難得沒有睡著。電視上那小孩正因為被訓斥了一句而哭得歇斯底里，鼻涕都快流到嘴巴裡了，剛才哭的時候還吐了個泡泡。鄭歎正想像著鍾言那小子當年是不是這樣的時候，就聽到焦爸的叫喚。

——方邵康？這時候怎麼會打電話過來？

自打上次見到童慶之後，鄭歎有段時間沒聽到方邵康的消息了。

焦爸按了免持鍵，鄭歎跳上桌，蹲在電話機旁邊，抬爪子拍了拍，發出點聲響，告訴對方自己已經在聽著了。

「黑碳吶，這段時間忙，沒顧得上你那邊，過段時間給你個驚喜。不過，你得幫我個忙……嗯，就小年（注：農曆臘月二十三日）前一天吧，你到時候做點準備。」

方邵康這話一半是說給鄭歎聽的，一半是說給焦爸聽的，所謂的「做點準備」就是跟焦家的人知會一聲，避免到時候太突兀。

鄭歎的注意力被方邵康所說的「驚喜」吸引了，以方邵康的性子，這驚喜肯定不會很普通。還沒等鄭歎和焦爸有所反應，那邊就匆忙掛了電話，最近方三爺確實很忙碌。

重新回到客廳的沙發上躺下，鄭歎疑惑方邵康所說的「驚喜」的同時，又琢磨著「幫個忙」

是什麼意思，方邵康又在打什麼主意？

◆◇◆◇◆◇◆◇◆

進入一月份，客廳的掛曆已經換了個新的。

按照西曆來算，一年已經過去了。而在過去的這一年，鄭歎經歷了太多，認識了很多人，心情也一直跌宕起伏著，不過細數起來，還是打盹的時候居多……沒辦法，誰讓他現在是隻貓呢！

打了個哈欠，伸個懶腰，鄭歎跳下樹。

又到了寒假，一些國中、小學的學生們已經放假回家，小柚子在家裡做寒假作業，焦遠跑出去玩了。

今年過年要回焦爸焦媽他們老家那裡。去年因為焦媽的傷情，留在楚華市過年，依照焦遠的說法，在楚華市過年沒有多少年味，鄭歎不知道所謂的更有年味到底是什麼樣的，便也跟著期待到時候開車去那個小城鎮，過焦遠所謂的更有年味的年。

那個從人販子手中救出來的小傢伙不知道長得怎樣了。嘖，算了，還是別遇上的好，熊孩子就是熊孩子。

一邊想著，鄭歎看了看社區，大胖被帶去拜訪親戚了，阿黃和警長盯著一隻戴勝鳥，不遠處有一隻灰喜鵲在蹦踏，阿黃牠們也沒理會，估計是覺得戴勝鳥比較罕見，便將目標轉移到這隻長嘴巴的鳥身上。至於灰喜鵲，一年到頭不知道抓過多少，校園裡有好多鳥都是被牠們這類的貓禍害了。

鄭歎對抓鳥沒什麼興趣，想了想，決定去工地那邊遛一圈，當作飯後散步。本來可以抄近路走另一個側門，也就是當初和花生糖一起走的那邊，不過鄭歎想了想，還是決定走焦遠他們學校那條路，雖然繞了遠路，但他想順便去瞧瞧鍾言那小子現在混得怎麼樣了。

這段時間鄭歎也常往那邊走，卻沒遇到過鍾言，他們高三的課程繁忙，除了學校規定的月假之外，每天大清早從家裡出發，晚上上完晚自習才回家，這兩個時段鄭歎都待在焦家沒出門，想遇到也難。不過現在，那小子應該放假了。

不知道是不是因為最近天冷也沒啥陽光的原因，出來的貓少了些，鄭歎走在圍牆上沒見著幾隻貓，焦遠他們學校冷清多了。

走過那所國中，鄭歎來到鍾言他們社區，朝那小子住的地方看了看，家裡好像沒人，沒聽到有什麼聲響。

——算了，碰不著就碰不著。

鄭歎離開社區之後，沿著那條小巷往工地那邊走。

兩、三個星期的時間，這片區域有了明顯的變化，樓雖然還沒建起來，但也不像之前那樣到處都是「拆」字和磚瓦廢墟，藍色的施工圍籬也豎了起來。

鄭歎看了看旁邊豎著的宣傳看板，上面還有葉昊他那間公司的名字，不過鄭歎主要的目的並不是看公司名，他現在想找個適合遠觀的地方，可瞧了一圈也沒見著滿意的觀察點，上次一個合適的看板被挪了地方，今天一時也沒找到個替代點。

工地環境對於貓來說，絕對算不上一個安全的地方，說不定會被那些工人逮住下酒。不過鄭歎沒太多顧忌，要是哪個不長眼的過來，他不介意將事情鬧得大一點，反正到時候葉昊要罰也只會罰那個工人。

鄭歎就是吃定了有靠山，才敢這麼明目張膽跑來工地。

當然，鄭歎不是為了惹事，他單純想親眼看著這個地方是怎麼一步步發展起來的，就像焦爸說過的，經常見一些新事物，能夠讓回憶更有意義，時間會「變慢」。而且，這邊已經被鄭歎劃為自己溜達的地盤了，反正閒著也沒事，時不時就過來瞧瞧。

正想著找哪裡觀察一下工地的進展情況，鄭歎突然聽到有人喊「鍾言」，帶著點外地的方言腔調，鄭歎不是很肯定，但還是決定去看看。想來也是，這時候鍾言如果考完試放假的話，應該會來工地打工。

藍色的施工圍籬旁邊停著一輛砂石車，鄭歎跳上車頂，往聲音傳來的方向看了看。那邊有個臨時休息所，幾個人正拿著便當吃，其中就有鍾言。

那小子穿著和其他人一樣的工作服，戴著安全帽，渾身髒兮兮的，坐在一塊石頭上快速扒著便當，偶爾跟旁邊幾人說兩句；那個寧哥也坐在一旁，有他的照顧，其他人也不會欺負鍾言這個新人。

鍾言嘴裡塞滿了飯菜，味道不怎麼好，細看的話，飯菜裡還帶著點灰塵。

工地環境就是這樣，再乾淨的飯菜，拿出來過會兒就落上塵土了，今天的風有些大，這種情況更是嚴重，休息所裡面剛才搬運過東西，到處都是懸浮顆粒，比外頭還不如，這也是為什麼大家都坐在外面吃飯的原因。

當然，餓的時候什麼都是山珍海味。今天趕工，吃飯的時間推遲了點，現在大家都餓得很，沒人會去計較飯裡的灰塵。

鍾言扒飯的時候發現了鄭歎，外面那輛砂石車比較高，比旁邊的施工圍籬還高上一些，所以鍾言能夠看到正瞧著這邊的黑貓。

看見鄭歎之後，鍾言就趕緊扒了幾口，一抹嘴，將空掉的飯盒扔旁邊，跟寧哥說了聲，便往鄭歎那邊走過去。

外面的砂石車要開走了，鄭歎原本準備瞧兩眼就離開，沒想到會見到鍾言，而且這小子還往這邊走過來，鄭歎索性直接從砂石車頂部跳進工地。

現在工地上還沒建起建築物，感覺比較單調。

「嘿，你怎麼過來了？」鍾言認出了眼前的這隻黑貓，雖然他見過的黑貓不只這一隻，可這隻給他的印象最深，後來因為大部分時間都待在學校，也沒再見到這隻貓了。

「咦，這貓又來了啊？」寧哥走過來說道。

「又？」鍾言疑惑。

「是啊，這個月這隻貓都來好幾趟了，前些天南邊的那個看板還沒拆，這貓就蹲在上面盯著工地，像監工似的。」寧哥說笑道。好幾次晚上他們在工地的住處吃晚飯喝酒時，還有人提議將這貓抓過去下酒，反正沒人知道，還是他認出了這隻貓，讓下面的人別想歪心思。

「不過這貓就這樣待工地太顯眼了，容易出事，你也知道在這裡幹活的一些人，這種事沒少做。還好這貓是在我負責的這邊，不然換個地方早被人抓走下酒了。」寧哥說道。

鄭歎看了寧哥一眼，繼續觀察工地。

寧哥原本還說笑著，被眼前的黑貓看了一眼之後，總感覺有點不舒服，心想：這貓剛才那是啥眼神？鄙視嗎？貓有這樣的眼神？

搖搖頭，寧哥覺得自己一定是最近太累了，剛才一定是幻覺，不就一隻貓嘛！

外面有幾輛車拖著東西進來，到處塵土飛揚。休息時間還沒結束，鍾言跟寧哥說了聲之後就將鄭歎帶到臨時休息所，倒了杯水放在鄭歎眼前。

鄭歎看了看免洗塑膠杯，又看看飲水機，還算乾淨，跑了這麼遠，他確實有些渴了。伸頭到塑膠杯裡面喝了點水，鄭歎觀察了下這個臨時休息所的布置，沒什麼很特殊的地方，不過這周圍的空氣還真差，到處灰濛濛的。

「喲，這不是那隻監工似的貓嘛！」坐在屋裡的幾個人見到鄭歎後說道。

雖然幾人覺得鍾言倒飲水機裡的水給一隻貓有些浪費，可鍾言有寧哥罩著，他們也不會說什麼，這些都是小事，沒必要計較。

還沒吃完飯的人將碗裡的一條魚尾巴甩了過來，可惜鄭歎看都沒看那魚尾巴一眼。

「嘿，這貓連魚都不吃啊？」

「這鐵定是被人寵的，餓上幾頓牠就吃了。養這樣的貓真是敗家。」旁邊一人插嘴。

「小鍾啊，這貓是你家的？」有人問。

「不是，我鄰居家的。」鍾言沒說太多，他其實也不知道這貓到底打哪來的。

幾人正說著，這時從外面進來一個人，手裡拿著個大塑膠壺，不過工作服上印著的字和鍾言他們的不同。

「李工，我這邊的水也不多，送水的下午才會過來，您最多只能接三分之一。」寧哥陪著進來，邊走邊說道。

這位李工大概四十來歲，和鍾言他們不在同一個區域，不歸寧哥負責。那人也不怕寧哥，仗著年紀大、資格老、上面還有點人，經常不將人放眼裡。

一進門，李工就看見鍾言拿著盛了水的塑膠杯給一隻貓喝水，立刻話頭就來了。

「你們給一隻破貓喝飲水機裡的純淨水？不是說水快喝完，缺水了嗎？我看你們存貨還挺多，既然這樣，我就不客氣了。還有啊，這貓是留著下酒嗎？正好，最近我們那邊幾個人又開始饞了，啥時候殺貓記得說一聲啊，見者有份。」

說著，李工來到飲水機旁邊開始接水，一副要將大水壺接滿的樣子，要真是這樣，待會兒這邊的人都得挨渴。寧哥趕緊過來阻止。

「怎麼？我還比不上一隻貓？就那麼點水你當乞丐打發我呢？小寧啊，不是我說你……」

這李工還越說越來勁，在寧哥的負責區域當著這麼多人的面數落他，明顯是沒給寧哥臉面。

不過，寧哥也不是當年那個一腔熱血不管形勢如何就能掄著鋼管衝上去的毛頭小子了，他伸手止住想上前解釋的鍾言和其他幾個臉色憤然準備出聲的人；他瞭解李工，鍾言他們若是開口，絕對會起到反效果。

寧哥深吸一口氣，準備辯解一下。沒辦法，這王八蛋上頭有人，雖然自己上頭也有人，不然也不會當這片區域的負責人，可形勢不嚴重的話，沒必要鬧到上面去。

還沒等寧哥開口，外面就有人喊寧哥的名字。

一聽到這人的聲音，寧哥和李工臉色都變了，李工連水都不接，立刻將水壺擱旁邊，整理一下著裝，拍拍身上的灰塵，臉上帶著恭謙的笑意迎了出去。

寧哥出門之前對幾個人做了個手勢，跟著寧哥在這個區的人有些是老熟人了，知道寧哥這個手勢的意思，剛才還憤憤然像是下一刻就衝過去開打的人，也瞬間變了個樣。

在這裡打工沒幾天的鍾言有些茫然，旁邊人悄聲告訴他有大人物過來，收斂點。

「小鍾，貓！」一人低聲提醒道。

——難道是寧哥說的那位「老大」？

一想起寧哥的話，鍾言急了，準備將貓塞進角落的紙箱裡。鄭歎避開鍾言伸過來的手，來到正中那個用木板做成的方桌後面。鍾言想再過去，可是已經來不及了，外面的人走了進來。

最先進來的人也是四十來歲，跟旁邊的人說了幾句話，詢問這邊最近的進展。聽聲音，剛才就是這人喊了寧哥的名字。

——大人物就是這位？看起來滿好說話的樣子。

鍾言有些緊張，他知道看人不能只看表面，第一印象不能代表一切，只希望這人看一眼之後就趕緊走。

可惜，事情和鍾言想的不一樣，外面的人都走了進來，寧哥沒了之前在這裡的強勢，李工也收起了他踐兮兮的樣子，都有些恭敬和小心。

而被人圍在最中間的，便是寧哥曾對鍾言說過的「老大」。

鍾言見到這位老大的第一感覺就是，這人不好對付，雖然帶著淡淡的笑，看起來文質彬彬，可鍾言直覺這人是個狠角色。

怎麼辦？

鍾言站在一旁，垂著頭，盡量將桌子後面的貓擋住。可惜，鄭歎沒配合他，直接跳上桌。

鄭歎剛才就聽到外面的聲音了，雖然龍奇只是說了一句話，可鄭歎還是認出了他。龍奇對貓一直表現得避之唯恐不及，但鄭歎知道，這人就算忌諱也不會拿自己怎樣。

見到跳上正中間桌子上的黑貓，不只是鍾言，寧哥和其他幾個工人恨不得一口血噴出來。

——尼瑪，這貓也太會惹事了！

寧哥很後悔剛才准許鍾言將貓帶進來。

而李工這時候抓住機會嘲諷寧哥了，陰陽怪氣地說道：「哎喲，這裡還有隻黑貓呢！對了，剛才我還瞧見這裡的人拿飲水機裡的純淨水餵牠呢，你們說，這不是浪費嘛？」

前腳剛踏進門，臉上帶著淡淡笑意的龍奇，看到蹲桌子上的那隻黑貓之後，面容裂了。

相顧無言，唯有淚千行。這句話有些應景——不是感動的，是氣的，是後悔！

果然今天不宜出門！龍奇強忍著不讓臉上表現出扭曲的樣子，畢竟這裡人多，不管怎樣也不能讓自己的光輝形象毀在這裡。

「都擋在門口幹什麼？」

突然一道個聲音傳來。

鄭歎耳朵動了動，嘿，又一個熟人。

今天出來一趟果然是來對了，或許以後過來這邊也沒必要到處找觀察點，或者時刻防備工地上那些居心叵測的工人，可以正大光明地來。

「咦，豹哥，您也過來了？」之前帶路的那個長著一張笑臉的中年人說道。

這裡很多人認識龍奇，卻大多不認識豹子，畢竟豹子不常過來，管理這一帶工地的主要是龍奇在負責。

「怎麼了這是？」豹子問道。

豹子的面無表情讓周圍的人很緊張，原本跟著擠在門口周圍的人全都退開，只留下站在門口正中的龍奇。

沒等那人解釋，豹子已經大步往裡走去，一進門就看到站在正中間桌子上的那隻黑貓。

「黑碳？你怎麼在這裡？」豹子看了看周圍，沒瞧見衛稜的影，而且按照以往的規律，衛稜今天應該沒空。

「豹哥，您認識這貓？」帶路的中年人疑惑道。

「嗯。」豹子沒多解釋。

今天豹子也是一時興起，他們對建築方面並不瞭解，可葉昊說了，現在都是外行領導內行，你只要去轉一圈督促一下就行，懂不懂行是一回事，去不去檢查又是另一回事，這是態度問題。於是，不懂行的龍奇和今天恰好有空的豹子都過來轉一圈，沒想到就碰到了鄭歎。

周圍多的是人精，就算不瞭解其中詳情，也能從豹子的態度中猜到個大概。豹子剛才還面無表情呢，現在都帶笑了。

其他人不知道，跟在葉昊身邊的豹子和龍奇則是清楚的，能夠接觸方三爺，這隻黑貓功不可沒，雖然算不上與這個工程有多大的貢獻，但在交際上，還真是託這隻貓的福。就連唐七爺都發話了，當時是這麼說的：「那隻黑貓你們可得多關注點，說不定以後還得靠牠幫忙。」

豹子不太明白這隻黑貓究竟能幫多大的忙，一隻貓的影響力再大也不至於影響這麼大的一個工程，但唐七爺都發話了，豹子只要聽命就行，唐七爺和葉昊都是這樣的態度，照他們的話做準沒錯。

鄭歎沒理會豹子和龍奇，就盯著李工，眼神冷冷的。

對這隻黑貓瞭解一點點的豹子看出牠心情不大好，瞥了一眼臉色發白的李工，沒說其他，只是讓周圍的工人們都離開，這時候該上工了，都擠在這裡也不是個事。鍾言也被寧哥拉走了。留在屋裡的就只有陪同龍奇過來的幾個人，以及出去吩咐完工作安排後又回來的寧哥。

帶路的那人將剛才發生的事情說了下，寧哥補充了幾句，沒誇大，實話實說而已。

龍奇一直繃著臉，坐在離鄭歎最遠的位置。豹子現在倒感覺無所謂，以前雖然覺得這隻貓邪乎，但只要能幫自己人就行，何必在意其他。

瞭解完事情始末之後，豹子沒說什麼，負責這裡的主要是龍奇，就算龍奇對貓忌諱，但他處理事情來沒話說。

◆◇◆◇◆◇◆◇◆

在這裡留了幾分鐘之後，龍奇和豹子又去其他地方看了看，鄭歎跟著；巡視完之後，豹子還買了隻烤雞給鄭歎，鄭歎只吃了一點雞腿肉。

雖然心情不好，一隻烤雞也不至於將他收買，不過鄭歎知道龍奇和豹子會解決事情，他也不鬧情緒，大家互益互利，沒必要因為一點小事就鬧僵，這個鄭歎心裡清楚。

豹子有時候還跟鄭歎說上幾句話，這還是衛稜的功勞。衛稜對葉昊說過：「面對這貓的時候你得說人話，不能當牠是什麼都不懂的寵物糊弄。」當時龍奇和豹子就在旁邊，也聽到這話了，只是一個從來不實踐，一個第一次實踐而已。

貓聽得懂人話嗎？

豹子以前不這麼認為，可現在猶豫了。

吃飽喝足，鄭歎回家睡覺去了，而在工地巡視完畢的龍奇和豹子，也回去向葉昊彙報了今天的事情。

「真是哪兒都有那隻貓的身影。」葉昊揉了揉額頭。

注一：有些學校實行一月一次假期，平時週末不放假，或者只放半天給學生自由休息的時間，但是不能出校，到了月底再放小長假讓學生回家。這種假期就稱為「月假」。

第八章

黑碳，走，遛車去！

兩天後，衛稜載著豹子來到東教職員社區。快小年了，雖然小年對城市裡的人來說沒什麼意義，但也給了某些人藉口去解決一些人際關係。

豹子就是奉葉昊的命令過來看看，有衛稜在，辦事也方便些，畢竟焦家人可不認識豹子。

不過，衛稜的車剛開進社區，就看到一輛停在B棟樓下的四個圈，而方三爺正站在那裡得意洋洋地說著什麼。

今天一大早，焦爸就接到方邵康的電話，說會過來一趟。

鄭歎看看掛曆，明天就是小年，果然準時。

方邵康坐著那輛四個圈過來的時候，沒上樓，讓鄭歎直接下樓。等方邵康得意地打開車門的時候，鄭歎看到了一輛小車，而且看著就挪不開眼了。

比小孩子開的那種車小些，還設計成了越野車的樣子，敞篷的，方向盤相對來說大一點點，不知道開著會怎樣。

鄭歎高興了，突然覺得方邵康這人滿好的，夠貼心，難怪當時童慶會出現在焦威他們跑車的地方，這是知道自己喜歡車才讓人做的。

「怎麼樣？不錯吧？想不想開出去溜溜？」

方邵康倚靠著車門，抖著腿，要多得意就有多得意，看得坐在車裡的豹子和衛稜下巴都快掉出來。

——這位是方三爺嗎？真的是方三爺？

方邵康瞥見了衛稜的車，不過沒打算理睬，而是對鄭歎道：「今天天氣不錯，出去遛車吧！不過也說好了，你得幫我個忙。」

鄭歎正高興眼前這車呢！小車放在後座上，周圍空間太狹窄，鄭歎就蹲在小車上面感受了一把，開不動，心癢癢，再加上確實很感謝方邵康，既然能幫上忙，那就幫唄，只要沒生命危險、不用做一些變態事情就行。

衛稜和豹子就張著嘴，看著那四個圈走遠。至於鄭歎，他壓根沒發現衛稜和豹子，剛才童慶將這邊擋住了，上車之後他又只顧著看車，完全將衛稜忽視個徹底。

「那個嫌貧愛富的小王八蛋！」衛稜笑罵道。

衛稜只是在說笑，可豹子已經被刺激了，他從來不知道方三爺還有這樣一面，就像是對待生活中熟悉的人和朋友，而不是平日裡和商業夥伴的那種交際應酬。

◆◇◆◇◆◇◆◇◆

方邵康坐在副駕駛座上，中途對鄭歎說了一下今天要做的事。沒其他的，總結一句話：「遛車，以及陪孩子玩。」

目的地是老劉他家，老劉家有棟占地面積很大的別墅，後院足夠讓鄭歎遛車。而那位劉耀小朋友最近過得似乎不太好。老劉心煩，正好今天方邵康說帶著貓過來玩玩，老劉特意推掉了一些工作，在家等著。

到達目的地的時候，老劉和劉耀都出來迎接，饅頭跟在他們後面。這麼久不見，饅頭長大了很多，可鄭歎瞧著，這傢伙還是有些憨憨的樣子。

劉耀見到鄭歎，眼睛一亮，今天他爸告訴他那隻黑貓會過來陪他玩，他一大早就拿出了自己最喜歡的遙控車出來，足夠大，能讓兩隻貓蹲上面跑。不過，當童慶從車裡將那輛特製的小車抱出來的時候，劉耀的表情變得相當驚訝，看看那輛小車，又看看迫不及待跳進小車上的黑貓。

——這是要比賽嗎？

鄭歎沒想那麼多，私人領地沒閒雜人等，放得開。車的用法其實很簡單，不複雜，而且鄭歎以前也是玩車的，就算現在開輛「玩具車」，也能應付。

將兩隻爪子搭在方向盤上，剎車就是一個按鈕，其他的根本用不著腿，是電動的車。按下啟動鈕之後，車就開始跑動了，鄭歎掌控著方向盤，帶著激動的心情，駕駛這輛自他變成貓以來第一輛專屬貓車。

劉耀從剛才的驚訝中回過神來，立刻控制手上的搖桿，讓自己的遙控車追上去。至於饅頭，樂顛顛地跟著跑，在兩輛車之間跳來跳去。

童慶跟在他們身後，以防萬一。他之前還懷疑一隻貓能不能駕駛這樣的車，現在看來他低估了一隻貓的能耐，才第一次上手……不是，才第一次上爪就能開動車，不得不說這貓確實厲害。

不過這隻貓本來就比較特殊，不能以常理推之。至於方邵康對老劉說的「這隻貓受過訓練」，純屬胡扯。

方邵康和老劉在旁邊坐著，孩子有人會負責，他們只要坐在這裡看著就行，同時談一談某些生意。一開始老劉有些心不在焉，主要注意力都放在劉耀身上，他心疼自己兒子，都跑出汗來了，擔心會不會生病、會不會累，可當他看到劉耀笑出聲的時候，一顆心又放了下來，甚是欣慰。

人們總是在口頭上嫌棄熊孩子，心裡還是覺得這個年紀的孩子就該跑跑跳跳，皮是皮了一點，但是健康。反而像那種太過聽話的，會讓人覺得不放心，尤其像劉耀之前那樣，靜靜的不說話，帶著陰鬱，完全不像個孩子。

孩子嘛，就該天真點，怎麼能有那樣的表情呢？

而現在，劉耀奔跑著，像其他正常的、普通的小孩子那樣，會跑會跳會笑，這樣的劉耀讓老劉差點熱淚盈眶。

可惜他們不知道，鄭歎壓根沒體諒劉耀的小身板，一開動車，就有些太過投入，等回過神來的時候，後面的劉耀已經滿頭大汗。可見到那小孩笑得真心，鄭歎覺得這孩子也還不錯。

玩了一段時間，劉耀跑累了之後坐在旁邊休息，自然有人過來送水、擦汗。

看著不再那麼陰沉沉，而是充滿了活力的兒子，老劉笑得嘴巴都快咧到耳朵了。

生意上，讓老劉鬆口可不是件簡單的事，強龍不壓地頭蛇，方邵康這次選擇了非暴力的法子。就算是生意人也得講個人情債，方邵康和老劉的交談順利了許多，鄭歎也算成功完成任務，不用去做過多的瞭解，看方邵康那張笑得燦爛的臉就知道目的已達成。

鄭歎圍著小車又看了看。車的標誌就是個貓頭，黑色的貓頭，車屁股後面還畫了條貓尾巴，現在再加上鄭歎這隻貓，就是名符其實的貓車了！

即便這車比不上想像中的那般拉風，也沒真車那麼刺激，充其量只能算一種特殊點的玩具車，鄭歎甚至都不能光明正大的在外面的街道上開，可這也算是圓了他一個夢。方邵康能有這份心，鄭歎非常感激，玩過之後想到自己過來的任務，接下來的時間得繼續陪劉耀這孩子玩了，好在這事簡單，不用多費心。

下午方邵康帶著鄭歎辭別的時候，劉耀還顯得很依依不捨，老劉好幾次都想提出讓方邵康開個價將貓轉給他，但方邵康言語中也透著拒絕的意思，所以老劉琢磨著啥時候去買隻貓回來，但必須得是能和饅頭相處融洽、還能逗自己兒子開心的貓，不好辦啊……

鄭歎可沒管老劉到底在想什麼，他現在考慮如果方邵康真送車的話，這輛貓車要放哪裡？而且提上提下也很費勁，這貓車可不怎麼輕巧。

不過，沒等鄭歎考慮清楚，回楚華大學的時候，童慶開著車沒直接進入東教職員社區，而是繞到工學院那邊的教學樓。童慶提著車，方邵康帶著鄭歎去找程仲，這時候鄭歎才知道，自己的貓車是這位程學長造的。這樣也好，到時候車子出什麼問題也方便找人解決。

車還得修改完善，今天不過是試試效果而已，鄭歎暫時也拿不到車。過幾天焦家的人要回老家去，想拿到車估計得年後，畢竟沒幾天就要過年了。

反正拿到車也開不了，不能太招搖，想想之後鄭歎也就平靜下來了。

接下來幾天，鄭歎沒事就在周圍轉轉，又去了一次工地，直接去鍾言所在的那個區域找人。這次別說是這區的其他工人了，就連寧哥對待鄭歎的態度也好得很，對鍾言拿飲水機的水餵貓也沒有半點異議。

工人繁忙之餘也很八卦。自上次之後，一些人經常提起鄭歎，有人說那是老大家的貓，有人說是老大認識的某個大人物家的，眾說紛紜，但總結一句話——這隻貓不能惹！這年頭一隻貓也能比人值錢得多，甭管這貓什麼品種，打貓也得看靠山。

而鍾言也陰錯陽差在這裡站穩了腳，聽說被老大找去談過話，連薪水都加了點，雖然作為臨時工還是比不上其他正式員工的薪水，但總比之前好了很多。工地上也沒誰過來找鍾言的麻煩，甚至還有人主動套近乎，就想旁敲側擊知道一些「隱祕」，可惜什麼都沒打聽出來。就連鍾言自己到現在也摸不清那隻黑貓到底有什麼「強大背景」。

鄭歎算是這片工地上唯一一隻明目張膽在工地閒逛的貓了。一開始很多人還抱著懷疑和反對的態度，工地可不是後花園，容易出事，他們看這貓的眼神就像看定時炸彈，可後來也發現自己的擔心多餘了。

再看到鄭歎的時候，那些負責人一個個像沒看見似的，因為上面有交代，只要這貓不惹事、不出亂子，全都由著牠！

◆◇◆◇◆◇◆◇◆

焦老爺子從小年那天就開始打電話催了，可惜焦爸有事，得多留在學校幾天。

上次鄭歎跟著焦爸他們回去，是去住他們老家那裡鎮上的房子，這次則直接回村裡的祖宅。焦老爺子說了，祖宅的幾個房間早就收拾妥當，回去了就能直接住，焦老爺子還特意強調貓窩也整理好了，不用擔心貓沒地方睡。

臘月二十七日一大早，焦家人帶著打包好的行李，開車出了校門。

焦威他家在小年那天就回老家了。這半年來小餐館生意不錯，焦威的爸媽還打算這兩年在楚華大學附近買房。

鄭歎想著，回焦爸老家之後還能見著他們，也算能見到熟人。

出了校門沒走多遠，在十字路口遇上紅燈。寬闊的馬路上，三輛車子並排停在斑馬線後方，左右兩邊停下來的車子都是剛從楚華大學內開出來的，裡面的人鄭歎不認識，而焦爸則跟他們說了兩句。

因為並排著的三輛車駕駛座那邊的車窗都開著，鄭歎能夠聽到兩邊車裡的談話聲。左邊車裡的人在談論時空彎曲和哈勃紅移，右邊車裡的人在談論細胞膜的流動鑲嵌模型和線粒體葉綠體的內共生起源學說。

鄭歎抖了抖耳朵，心想：算了，還是看焦遠和小柚子下象棋吧。

市區裡有些塞車，上了高速公路就好多了，焦遠和小柚子下棋都下得舒爽些。

小柚子算是新手，接觸象棋不久，焦遠覺得車上無聊才提議的。為了顯示公平，焦遠讓了小柚子「車」、「馬」、「炮」各一個。焦媽坐在副駕駛座，時不時回頭看看，指導下小柚子下棋。

鄭歎以前沒下過象棋，算是跟小柚子同期接觸象棋，也是個新手，幫不了什麼忙，只能蹲旁邊看著他們下棋，累了就看看高速公路旁邊的路牌，計算多久才能到達目的地。

「重炮將軍無子隔。」小柚子冷靜地說道。

鄭歎視線從車外的路牌轉移到擱在座椅上的棋局，看到之後不由得一樂，這還沒開始多久呢，焦遠就被小柚子一個重炮將死了。

焦遠愣住還有些不敢相信，這好像才開局沒多久吧，就……被將死了？還是被重炮將死的！頓時焦遠感覺很沒面子，抓耳撓腮的，看得焦媽直笑，跟焦爸簡單說了下棋局。

「很多老手在和新手交戰的時候，很容易被重炮將死。當年你爸我也是，被村裡一個長輩拉過去陪下棋，同樣讓我車馬炮各一個，第一次跟這種老手下，有些興奮和緊張，可沒多久就來了個重炮將那長輩將死了，現在回想起來還能樂好久。」

焦爸說了一下當年的經歷，他還記得那位長輩開局沒多久，就被重炮將死時漲得滿臉通紅的樣子，誰讓那位長輩輕敵了呢！

「不過我也就贏了那麼一次，後來跟他下棋就再沒贏過了。這麼多年來，每次回去被拉著下棋，卻從來都沒贏過。而現在那老頭不讓車馬炮了，只讓車馬炮中的兩個，也算是我的進步。」

焦遠重新擺好了棋，再來一局，而且開局就來了個帥五進一。和焦爸說的一樣，第一次是輕敵所致，後面幾次焦遠謹慎了，小柚子還是個新手，戰況可以預見。

看著高速公路邊上的路牌顯示快到阨陽的時候，焦遠和小柚子下棋也下累了，收起棋看著外面的風景。

沒過兩分鐘，車停了下來。

前面出了事故，一長條車全塞在這裡。

看著一時半會兒也走不了，一些暈車的人已經下車跑到路邊去吐了，而有人下車往事發地點那邊走過去，想看看具體情況如何，詢問一下需要多長時間才能疏通。

焦爸也下車往前走去詢問情況，焦遠和小柚子在車上閒著沒事，出來走動，鄭歎跟著下車透透氣。

焦爸的車後面停著的是一輛ＢＭＷ，有個老頭下車，就站在高速公路邊上，背著手，看著一望無際的田地出神。

ＢＭＷ車裡又走出來一個三十多歲的男人，快步走到老頭身邊勸了兩句，然後又無奈地回來，碰到走過來的焦爸，詢問了一下前面的情況。

「……司機沒事，貨車翻了，裡面的水果散得到處都是，國道警察正在疏通，可能要等個十來分鐘。」焦爸將打聽到的消息說出來。

鄭歎聽著焦爸和那人的談話，沒想到那個ＢＭＷ男也是阬陽人，兩人用方言交談著，鄭歎現在也能聽懂一些。

「十幾年了，估計很多人都不記得我了。當初將父親接過去沒幾年，他就跟我說『待你功成名就，再回家看一眼可好？』……老人家總覺得，根就在這裡，別管多大的城市、多寬敞的房子、多好的生活品質，心裡總是掛念著的，總想回來看看。可惜老人家身體不太好，做過手術，沒恢復也禁不住折騰，不敢帶他老人家回來，這幾年養好了些，才有了這次機會……嘿，當年還沒有這條高速公路呢，到外地都很麻煩，顛顛簸簸的石土路，坐車坐得人想吐。」

少小離鄉老大回，鄉音無改鬢毛衰。或許這樣的話更能形容此刻這個ＢＭＷ男的心情吧。

這人也是那個風起雲湧的年代抓住機遇發財的人之一，而且甭管這些人在外是搞文化的還是搞生意的，回老家也得先搞好面子工程，衣錦還鄉嘛，沒個面子工程撐場面也說不過去。看這輛ＢＭＷ就知道了。

在焦爸老家那裡，尤其是祖宅那邊，估計很多人對名車的印象只有ＢＭＷ、三叉星和四個圈等，在很多人眼中，開法拉利的和開福斯的沒多大區別，想體現出衣錦還鄉的派頭就得直接點，要考慮一下老家的居民們。

不過，衣錦還鄉什麼的，焦爸倒是無所謂，反正除了去年之外，以前過年都是回老家，一年裡也只回來那麼一、兩次，相對來說是路熟人熟，沒那些規矩。可其他人不同，多得是好幾年不回家鄉的人。

前方疏通得很快，通車之後沒多久，車就駛入了屹陽地界。

下了高速公路之後，焦爸直接開著車往鄉下祖宅那邊走，沒走通往鎮上的那條路。

讓焦家的人很好奇的是，後面那輛ＢＭＷ一直跟著，雖然知道他們的目的地也是屹陽，可是屹陽說起來並不算很小，通往屹陽各個鄉鎮的路也不同，而行駛到現在，大家的行車路線都一模一樣，莫非是真正的老鄉？

之前在高速公路上焦爸與他們交談的時候，話是說了很多，可這些人真正的目的地具體是哪裡、他們叫什麼名字等等，都沒透露。焦家的人也只是好奇而已，不認為對方對他們圖謀不軌什麼的，畢竟對方一看就不是缺錢的人。

與焦家的人一樣，後面那輛ＢＭＷ裡的人也驚訝，還真沒想到大家的行車路線會相同。

半小時後，車子快開到焦家祖宅了，路過一個岔路口的時候，那輛ＢＭＷ才拐彎，與焦家的車分開。

「估計是鄰村的。」焦爸說道。

對於後面那輛ＢＭＷ到底是不是鄰村的，大家沒多少興趣深究，現在快到祖宅了，焦遠近兩年沒回來過。以前家裡沒買車的時候，焦爸有事回來過幾次，沒帶上焦遠，所以對焦遠來說，這裡也算是一個稍微久遠的記憶了。

「咦，那裡開了家百貨商店！」焦遠指著剛剛經過的一間百貨商店說道。

這種規模的百貨商店在楚華市並不算什麼，可是在這裡就已經算是一間大店了，而且方便了很多人。

「對，那是去年年底才建好的。」焦爸跟焦遠說了說這兩年的變化。

小柚子有些緊張，她跟這邊的人不熟，也沒來過。

周圍大片的地方還是田地，快到祖宅所在的村的時候，就看到進村路口那裡站著一個老人，一條大黃狗站在老人的身邊。

「爺爺！」焦遠從打開的車窗朝那邊揮手。

站在路口的焦老爺子笑得臉上都快開出一朵菊花。

焦爸將車停下，讓焦老爺子上車，畢竟從這裡到祖宅還有點路程，總不能他們開著車跑了，讓老爺子一個人在後面走吧？

焦老爺子想了想，還是上了車。上車前，他對外面的大黃狗道：「你就在外面跟著。」

大黃狗似乎對焦老爺子上車的舉動很不解，正準備湊上來，突然看到從車窗冒出來的一個黑黑的貓頭，仰頭就叫。

「汪汪汪汪汪！」

鄭歎趴在車窗上，看著外面那隻大黃狗，抖了抖耳朵，對牠的叫聲不理會。

「喲呵，黑碳還真鎮定！我之前忘了跟你們說來福的事情，後來想著不如做個試驗，看你們家黑碳見到來福的時候會是個什麼反應，沒想到這貓一點都不害怕。」

焦老爺子養的這條大黃狗就叫來福，養了快一年了，品種是這地方常見的土狗。

「那是，我們家黑碳經常跟社區裡的狗玩，有一條聖伯納犬好大的，比來福大多了，牠見到黑碳還退避三舍呢。」

「嘿，退避三舍這成語用得好。」焦老爺子笑咪咪誇獎道。

「爺爺你真是學識淵博！」

坐前面開車的焦爸搖搖頭，讓這祖孫倆繼續吹噓吧。

大黃狗就算不理解家老爺子的舉動，見到車一開動，注意力便從鄭歎身上移開，追著跑上來。進村之後，通往祖宅那邊的路是泥土路，凹凸不平，車裡還坐著小孩和老人，焦爸開得慢了些。後面的大黃狗追著也不累，還經常跑在前面。

焦遠時不時看看車外面跟著的大黃狗，問一些大黃狗的事情。

在這裡，旺財、來福之類的名字比較多，村裡同名的狗多的是，其實還有很多人家裡養狗不取名的，養狗就是為了防盜、守房子守果園或者防黃鼠狼等，只要能起到效果就行，取不取名不會太在意。而且村裡也有很多狗、貓都是放養，沒城裡看管的那麼嚴。從這邊走鄉間小路的時候，鄭歎就看到好幾隻，甩著尾巴自在的在泥土路或者田地間跑著。

「那麼多重名的，不怕喊錯嗎？」焦遠問。

「哎，這可不一樣，牠就認我們自家人的聲音，其他人叫牠，牠不會聽的。」焦老爺子頗為自得，對自己教出來的狗很有信心。

焦遠兩年沒來，發現這裡的變化還挺大，很多人家都建起了小樓房，那種青磚尖頂帶煙囪的瓦房少了很多。

這年頭大家都賺錢了，大批到外地工作的人過年回來時，總能讓家裡發生一些變化。農村的房子比不上城市，相對而言花不了太多錢，而在這裡，發家致富奔小康，自家房子也成了一種炫耀方式。

年紀大的老人們很多都沒怎麼種田了，在家幫著帶孩子，沒事打打麻將，在外地工作的兒女們每個月匯點錢回來補貼家用。

焦爸也曾想將祖宅改改，村裡那麼多人都建小樓房了，自家不建的話怕老人們心裡不舒服。可沒想到焦老爺子一聽就拒絕了，他捨不得拆了祖宅跟其他人家那樣建一棟小小的兩層或三層樓房，對這個老房子，焦老爺子感情很深，就算在鎮上有房，老兩口還是大部分時間都在祖宅住著。

祖宅這邊有很多人都認識焦爸，大學教授呢，讓人有種敬畏感——「副」字直接被他們忽略了。在村裡，大家對待高知識分子和當官的人態度明顯與其他人不同。

到祖宅的時候，焦威還過來幫忙搬東西。焦老爺子打掃祖宅的時候焦威就已經來幫過忙。在楚華市都是焦爸幫他家，所以在祖宅這邊，焦威就盡力幫著照應了。

鄭歎從車上下來之後，大黃狗在旁邊扯著嗓門吼，吼兩聲後，換個角度繼續吼。

很多狗都是這樣，你越跑牠越追，越追越跑，一整個惡性循環。而色厲內荏或者受過點相關訓練、頭腦聰明些的，一般不會亂下嘴咬。鄭歎沒跑，一個是感覺這大黃狗暫時不會下嘴，第二就是，有焦老爺子在，是不會讓這狗下嘴咬的。

果然，被焦老爺子呵斥了幾句，大黃狗有些不甘心，但還是放棄鄭歎這邊，跟著自家老爺子往廚房跑去了。

祖宅這邊房間挺多，以前放的雜物都清理後，空出來的就給四人住，焦爸和焦媽一間房，焦遠和小柚子各一間房，都在隔壁間。

小柚子雖然不姓焦，但焦老爺子和老太太都對她很好，房間裡特意放了一些小植物，讓房間更有活力點。

小柚子房間裡放了一座挺大的貓跳臺，這是焦老爺子的傑作。由於焦老爺子不會上網，就讓人從網上下載了一張圖、列印出來，自己照著做了個貓跳臺，看上去還真有那麼回事，用的料子也都是好的，鄭歎上去踩了踩，爪感不錯。

至於晚上，有被窩睡，誰還睡貓跳臺啊！貓跳臺只是白天用來打盹午休用的。

焦威奶奶家養了兔子，他捉了兩隻巴掌大的小兔子給焦遠和小柚子玩。一開始焦威他奶奶還怕鄭歎對她家的兔子圖謀不軌，後來發現鄭歎壓根沒多大興趣，也就漸漸放下心了。

◆◇◆◇◆◇◆◇◆

第二天，吃完早飯，焦老爺子出去買點東西，老太太在家跟焦媽一起醃製臘肉，焦遠和小柚子在旁邊幫了一會兒忙，就跑到焦威他奶奶家去守兔子了。

焦威帶著他們在兔子洞的洞口上面放一個罐頭瓶，用條繩子綁在瓶身上，繩子另一頭握在手裡，藏起來，等小兔子們從洞裡出來，就拉一下繩子，掉下的罐頭瓶會堵住洞口，焦遠和小柚子就跑進去捉小兔子。

鄭歎在旁邊看了一會兒之後，覺得有些無聊，想著回去在貓跳臺上睡個覺。當他跳上焦威家的院牆準備往祖宅那邊走的時候，發現焦爸提著個袋子往外走，出門的時候還左右看了看。

熟悉焦爸行事風格的鄭歎感覺焦爸的樣子有些奇怪，反正沒事，索性就跳下院牆跟了上去。途中，鄭歎看到有幾隻貓趴在草垛子上曬太陽。天冷了，貓們都將自己的爪子揣得好好的，見到鄭歎也懶得反應一下。

讓鄭歎暴露的是一隻大狗，牠發現鄭歎後就一直叫，好在被拴著，不然肯定會衝上來跟鄭歎打一架。

焦爸轉身看到鄭歎後表情有些複雜，嘆了嘆氣，「算了，跟著吧。別亂跑，這周圍狗多。」

鄭歎心裡更疑惑了，焦爸這到底是要去找誰？

緊跟著焦爸走了五分鐘，來到一間青磚瓦房前，看那房子，應該「歷史悠久」了，窗戶居然都是用紙糊的，整體看上去有些破，相比起村裡大部分人家的房子，這戶人家看上去生活條件不太好。

焦爸站在不遠處看了那房子幾秒，才邁動步子走過去。

木門開著，陽光照了進去，能夠看見空氣中飄動的塵埃。在門口處有一張木製的躺椅，一個老婆婆躺在躺椅上，像是在睡覺。她身上穿著的並不是鄭歎想像中那種洗得發白還帶補丁的舊衣服，反而是還算不錯的料子，可這人就有些不修邊幅了。

很古怪的人。

一隻少了一條腿的玳瑁貓趴在那個老婆婆的腿上，相比起李元霸來要瘦弱很多。察覺到有人過來，牠動動耳朵，瞇著的眼睛睜開一條縫，看了來人和黑貓一眼，又閉上，一副不打算理睬的樣子。

焦爸走過去將手上提的東西放下，這裡面是一些保健食品和生活用品，從楚華市帶來的，價格可不便宜。

躺椅上像是睡著了的老婆婆緩緩張開眼睛，雖然臉上滿是皺紋，看著比焦老爺子還年長一些，雙眼卻黑黑亮亮的很有神采。

老婆婆的視線在焦爸身上停留了幾秒，又移向站在焦爸腿邊的鄭歎。

鄭歎突然有種背脊發涼、毛骨悚然的感覺，不自覺的往焦爸身後退了退。

「這不是當年那隻貓。」老婆婆突然出聲道。

聲音沒有太多的起伏，鄭歎聽不出她說這話的時候到底是什麼情緒。

「當然，畢竟二十多年過去了，以前那隻不知道還在不在，而現在這隻貓只有兩、三歲的樣子。」焦爸說道。

誰知那老婆婆搖搖頭，「這隻貓是公的，以前那隻是母的。」

焦爸：「……」我怎麼不知道當年那隻是母的？！而且阿婆您當年也沒說過啊！

沒注意焦爸的臉色，鄭歎只是對躺在躺椅上這人的話很不解。

——臥槽！這老太婆怎麼知道公母的？！

鄭歎記得自己過來的時候一直都是面向屋子這邊的，而且從人的角度看，不是應該看了「後面」再確認公母嗎？再說了，他一直沒有和其他貓那樣的露菊癖。

頓時，鄭歎的思維策馬奔騰了。沒想到這老太婆還挺猥瑣。

「牠是不是在罵我？」躺在躺椅上的老婆婆看著鄭歎，對焦爸道。

鄭歎：「……」

焦爸臉上抽了抽，有些不知道該怎麼回答。

老婆婆似乎也沒打算等焦爸的回答，轉而又問道：「買車了沒？」

焦爸點點頭，「嗯，買了沒幾個月。」

「那正好。」老婆婆側身打開躺椅旁邊的一個櫃子，從抽屜裡翻出一個吊飾遞給焦爸，「送你了。」

鄭歎瞟了眼那個看上去很普通的吊飾，楚華大學周圍那些學生們擺的地攤上有很多類似這個的吊飾，沒多少錢的東西，批發價更便宜。雖然這老太婆說「送」，鄭歎認為要不是焦爸帶著禮品過來，這老太婆連幾塊錢的東西都不會拿出來。

焦爸將東西接過道謝之後，老婆婆笑得露出那一嘴的假牙，朝鄭歎努了努嘴，「這貓好好養著吧，遇到也是緣分，而且牠能帶來福氣。」

後面這句話鄭歎愛聽，能帶來福氣之類的，袁之儀也說過，想起來他還有點小得意。

焦爸雖然不太相信那些虛無縹緲的東西，但不得不承認，到現在為止自家貓確實給家裡帶來了很多好運。

「阿婆，您繼續休息吧，我就不打擾您了。」焦爸準備告辭離開。他知道這位老人的話一向比較少，說會兒就得休息，便不準備再留在這裡。

「你離開村子之前，帶著這隻貓再過來一趟吧。」躺在躺椅上的老婆婆說道。

雖然不太明白老婆婆到底要做什麼，焦爸還是點頭同意了。

鄭歎看了看在躺椅上的一老一貓，轉身跟著焦爸離開。

等焦爸和鄭歎離開後，躺在躺椅上微閉著眼睛的老婆婆坐起身，摸了摸腿上的貓，繼續幫牠找跳蚤，「哎呀，又是好大一隻，你下次找跳蚤少一點的老鼠吃。」

三腿玳瑁抖了抖耳朵，也不知道聽懂了沒有。

鄭歎跟著焦爸離開老婆婆的院子後，往另一條不同於來時的路走去。

看著離村子越來越遠，鄭歎很好奇焦爸到底要幹什麼，他能看出焦爸心裡藏著事。

村子附近有座山，不算大，畢竟這周圍也不屬於荒山野嶺範疇。現在山上多處進行開發利用，也不似幾十年前那麼野生化了。

鄭歎跟著焦爸來到一片果園周圍，焦爸站在那裡，看了看，來到一棵大樹旁坐下，然後點上一根菸，等菸抽到快一半的時候，焦爸對蹲在旁邊正走神的鄭歎道：「黑碳吶，我告訴你個祕密。」說完這句話，焦爸一頓，笑了笑，又道：「其實也不算祕密，我跟一些人講過，他們不相信而已。」

——等的就是這個！

鄭歎回神，支著耳朵準備聽焦爸接下來的話。

「以前，我還是個小孩的時候……嗯，比小柚子還小一些。當時頑皮，孩子們之間有傳言說山裡有寶藏，我跟村裡幾個孩子一起來山上尋寶，可是接連幾天都沒有任何收穫，有些人放棄了，可我沒有。於是，有天我趁著父母不注意的時候獨自上山來，半天沒收穫，又累又餓，吃了個帶著的麵餅之後就躺草地上睡了一覺，也沒多少危機意識，現在想來那時候真是找死。」

「等我醒來的時候，發現天已經漸漸黑下來了，過了晚飯的時間，我心急，趕著回家，卻不小心從一處陡坡滑下，扭傷了腳……禍不單行，拖著受傷的腳沒走幾步又掉進一個坑洞裡。」

「坑洞挺深，至少當時的我很難從裡面爬出來，那裡或許是有人埋過東西、又將東西挖了出來，卻沒填好坑洞。當時的我也沒多少力氣，一時爬不出來，喊了很久也沒人過來幫忙。我摳洞壁上的石頭和泥土，想在爬的時候有個支撐點，手指摳出血的時候，我聽到坑洞上方傳來貓叫聲，沒多久就看到一個貓頭。牠看我一眼，就離開了。」

「沒過多久，一條綁柴火的粗粗的草繩從上面扔下來，我抓著草繩奮力往上爬，同時我還感覺到上面有人在拉著繩子，力道不大，但也算幫了我。等我爬上坑洞，發現拉著草繩的是一隻貓，而繩子的另一頭被卡在坑洞附近一個大石頭上裂開的石縫那裡……真的是很聰明的一隻貓。牠在我爬上來之後就跑了，沒過多久阿婆出現，她告訴我，她發現有隻黑貓在偷她綁柴火的草繩，就跟了過來。」

在那個特殊時期，老婆婆被村裡人排斥，根本沒人願意與老婆婆接觸，焦爸記得他自己還和村裡其他小孩一起朝老婆婆的小院子扔過石子和泥巴。後來老婆婆迫不得已，暫時上山，搭了個小棚子，一個人在那裡生活，直到那段艱難的時期過去。

到現在焦爸還記得留在坑洞裡的那段時間，飢餓、恐懼，以及山風帶來的涼意。

「後來阿婆在草繩上發現了一顆貓牙，是那隻貓咬著拉的時候斷掉的。」焦爸彈了彈菸蒂，看向遠方，繼續回憶。

村裡人編的那種粗粗的草繩很結實，單純咬著並不會崩牙，可是咬著草繩還使勁扯的話，那就說不準了。貓牙可能是從柴火堆上抽出草繩的時候斷掉的，也可能是後來拖拉的時候斷的。不管怎樣，焦爸很感激牠。只是自那之後，焦爸再也沒有見過那隻黑貓。

「阿婆熔了松香，將那顆貓牙放裡面，做成一個人造琥珀給我……那個東西我到現在還保存著，等回去了拿給你看看。」焦爸對鄭歎道。

將近三十年過去，焦爸知道，記憶中的那隻貓可能早已經不在，但是第一次見到妻子撿回來的黑貓時，他就驀然想到了當年的那隻。

從夜色中走來，穿梭於夜色中的那隻黑貓，即便站在地面上需要仰頭看人，眼神卻無所畏懼，甚至帶著居高臨下的對其他事物不屑一顧的氣勢，像一隻小豹子。

正因為這樣，自從在大城市裡生活後就一直不同意養寵物的焦爸，在焦媽將鄭歎帶回家後，鬆口了。那時候疫情恐慌剛過去沒多久，家裡還有兩個小孩子，焦媽真的沒想到焦爸會同意。焦家的其他人也不知道這其中的緣由。

「阿婆帶我往村子方向走的時候，讓我別告訴其他人，有些事情放心裡就好，說出來別人也未必會相信，反而還會有麻煩。」

焦爸當時不太明白，等長大了、明事理了才知道，那個年代什麼事情都容易聯想到妖魔鬼怪一說，弄不好就會惹麻煩。後來特殊時期過去了，人們的思想在日漸開放，甭管一些現象能不能用科學來解釋，行為總不至於太過極端。即便如此，焦爸還是不怎麼跟人說當年的事情，曾經當故事講給人聽過，可惜都沒人相信。而那個貓牙琥珀也時刻提醒著焦爸當年的事件不是夢。

焦爸還帶鄭歎看了當年那個坑洞所在的地方。每次回來祖宅這邊，焦爸都會過來看看，即便這片地方已經大變樣，坑洞早被填平，荒郊野嶺變成了果園菜地。

下山回到祖宅之後，焦爸去幫忙辦年貨，鄭歎閒著沒事也不跟兩個孩子去逮兔子了，偷偷跑去那個老婆婆居住的附近，聽聽關於這人的事情。最近村裡很多外出工作的人都回來了，每天都有一些過來拜訪的人。年輕人思想開放一些，知道這種事情現在管得不如從前，在大城市裡面一些人要囂張大膽得多，胡扯幾句就能撈一大筆錢，相比之下這位老婆婆還真是夠低調的。

她在屹陽沒什麼名氣，也就在本地村子裡有那麼點影響力。聽說現年已經快九十了，早年也不是這個村子的人。村民如今對她敬畏有之，忌憚有之。現在村子裡有人去外地工作之前，都會過來找找她老人家求個平安。

當然，也有很多人不信這玩意兒，畢竟現在科學普及。而且這東西也講求正統與非正統，非正統的那就是封建迷信、違法犯罪。

但人的心理總是那樣，總得求個「以防萬一」才放心。

所以，別看表面上大家說不相信那些，說是騙錢的玩意兒，不與那位老婆婆走動，但私下裡送錢送禮的也多，久了之後，大家心照不宣而已。就像有些人說的，有些東西信則有，不信則無。

鄭歎雖然對這位老婆婆不怎麼瞭解，但現在也能根據所見所聞瞭解一些事情。甭管那老太婆是否坑蒙拐騙，卻也沒聽說她鬧出過什麼不好的事情，反而暗裡稱讚的人越來越多，證明確實是有點本事的。再說，她救過焦爸，單憑這點鄭歎就對那老太婆印象好了些，騙子不騙子的對鄭歎來說，那都是其次了。何況，正因為當年的事情，或許她還提點過焦爸幾句，才能使得焦爸那麼快就能接受自己這隻與眾不同的貓。

想到那老太婆讓焦爸過完年離開村子的時候再帶自己過去一趟，鄭歎琢磨不出理由，不過依照焦爸所說的事情，那老太婆……應該沒有壞心吧？何況，那隻三腿的玳瑁貓是被人撞斷一條腿後被那老太婆撿回去養的，這樣看來，這人應該還算不錯。

第九章

貓的報復

鄭歎來焦家祖宅這邊兩天後，終於知道焦遠所說的、並一直心心念念的「年味」是什麼了。在焦遠的定義中，年味，就是鞭炮味。

「砰！」

響聲之後，是孩子們的歡呼。

鄭歎趴在祖宅屋頂的瓦上面，看著祖宅前面的一塊菜地旁，焦遠帶著小柚子看村裡幾個孩子在空地上放鞭炮。

城市裡這種東西管得嚴，不准亂放，可是來這裡之後就沒約束了，想怎麼放就怎麼放，這類小玩意兒在鎮上以及鄉里集市上都有賣，而且很便宜。簡單的爆竹之類，一些年紀大些的男孩子們甚至能夠自己製作。

孩子們玩著玩著就熟了，除了逮兔子之外，小柚子被焦遠帶著跟他們玩鞭炮，很多時候小柚子都只是站在旁邊旁觀，對她來說，這種東西比較陌生。煙火和鞭炮、爆竹是不同的，觀賞和自己燃放也是不同的。包括鄭歎，他們的經歷只有在廣場觀看煙火。

鄭歎以前還是人的時候，為了泡妞，曾經託人買過很多煙火，但還真沒像這些孩子們一樣玩過種類繁多的鞭炮爆竹。

這也算是一種流傳千百年的民間娛樂了，可惜危險程度高，環境汙染大，大城市裡管得嚴，生活在大城市裡面的很多孩子極少接觸這類東西，就算玩，也只是玩一些村裡孩子們口中的「小玩意兒」而已。村民們也不怎麼管孩子，這些孩子們可是從小就開始接觸這類東西，精得很，玩的花樣也多。

焦遠顯然每次來這裡過年都跟他們玩過，他現在雖然上了國中，但說起來也不過是個十二、三歲的孩子，玩心大著呢！跟焦遠年紀差不多的幾個孩子帶著年紀小的玩，家長們也放心一些。

「用這個試試！」

一個七、八歲的小孩不知道從哪個角落裡拿出來一個破舊的小鋁鍋，倒扣在地上，然後放了個爆竹在裡面。蹲身抬起鋁鍋，那小孩用燃著的香去點導火線，點燃之後起身就跑。

站在遠處的小柚子和焦遠等人都捂住耳朵。

趴在屋頂看著那邊的鄭歎也抬爪子捂耳朵，那爆竹的聲響太大了，而且他自己現在的聽力又好，那聲音確實衝擊很大。

「砰！」

小鋁鍋被高高掀起，大概有一、二十公尺。可惜那些孩子們不太滿意，說什麼威力不大。

鄭歎看了看從空中掉落的鋁鍋，都炸得變形了。這幫熊孩子膽子真夠大的……

「大的沒幾個了，玩小的吧，省點用，不然今天就沒得玩了。」一個跟焦遠年紀差不多的孩子說道。他手裡拿著一個盒子，裡面都是爆竹之類的東西。

其他幾個孩子手裡也有大小不一的紙盒，只是裡面裝的鞭炮和爆竹沒他的大。

「小的不好玩。」一個八歲左右的孩子嘟囔道。

「怎麼不好玩？看我的！」

一個孩子往周圍的菜園子看了一圈，將燃著的香要過來，然後拿著鞭炮盒子往不遠處的一個菜園子走。

雖然此處離各家的田還有些遠，不過一般人家屋子周圍的空地都會被開墾出來種菜，有的還會用籬笆圍起來。

那個孩子跑向的那處菜園子裡，大白菜長得正好。這段時間天氣不錯，氣溫頗高，而且這地方的冬天也不像北方那樣零下幾十度的低溫，遇上暖冬都不會下雪。

找了棵長得最好的大白菜，那孩子掰了掰白菜葉，將一個小些的爆竹放裡面，用香點燃，隨即跑開。

既然是小的爆竹，孩子們也沒有跑太遠，連耳朵都沒捂。

鄭歎只聽砰的一聲，然後就見到原本長得好好的大白菜瞬間被炸碎了葉子。

果然是熊孩子！這要是被主人家看到，估計得氣得胸口痛。

知道這事不能做多，年紀大些的孩子將那個還欲繼續炸大白菜的小孩叫過來，沒讓他禍害人家的大白菜。

不是自家的白菜炸著不心疼，看著還挺爽的，可要是自家的菜被炸，這些孩子估計會掄著棍子打過去。

「不炸白菜炸什麼？還去炸魚嗎？」

「不行，昨天我們炸魚被罵了，你只能去沒有養魚的水潭和河裡炸，不能去魚塘。」

「沒魚炸還有什麼好玩的？！」

幾個孩子在那邊激烈地討論，鄭歎聽著好笑，這幫孩子昨天把人家魚塘裡面的魚炸翻了幾條，主人家看到魚塘裡翻著白肚皮的一條條大魚，氣得肺都快炸了。每年都要這麼鬧一鬧，這幫熊孩子記吃不記打，挨過打之後繼續炸。

所以說，當熊孩子遇上鞭炮，那就不得了了。

鄭歎正想著，那邊已經又有了法子。

目標是擱在一家菜園子角落裡的水缸。

村子裡現在也有通自來水，但大多數人還是喜歡用井水，每家都有這種陶製的水缸用來儲水。擱在菜園子角落的那個水缸應該放在那裡很久了，裡面的水很渾濁，還散發著臭味，大概是主人家放在那裡澆花澆菜用的。

「哎，我突然想到一個故事。」有個孩子說道。

「我知道！我知道！」一個小屁孩抬起胳膊用袖子一抹鼻涕，「那叫司馬光炸缸！」

鄭歎、焦遠、小柚子：「……」

——好覺悟！

——程度都升級了，比司馬光還狠。

炸完大白菜，接著炸水缸，這幫熊孩子果然很能折騰。

一個孩子掏出成人小拇指粗細的小爆竹，外面包著一層塑膠皮，末端還是尖頭的。聽這幫小孩子說，那叫「魚雷」，防水的，有大有小，爆炸威力各不相同，他們炸魚的時候就是用這種。用香點燃這個魚雷之後，那孩子就掐著點將它扔進水缸裡面。扔太早容易熄滅，扔太晚意外多，作為有豐富經驗的玩家，他們對這個技巧熟。

其他人站得比較遠，雖然這個爆竹是個小的，但是水缸裡面的水太臭，這幫孩子不想被濺上臭水。

不知道是不是這水缸的年代太久不經炸，還是這魚雷的威力太大，總之鄭歎就看到那個水缸破了個洞，裡面泛黑的臭水從水缸缸身上那個破洞裡流出來，臭氣四散。

點爆竹的那個孩子沒來得及跑太遠，身上還是被濺上水了，聞著臭臭的，趕忙回去擦洗了。

快到午飯的時間，手頭的鞭炮也放得差不多了，熊孩子們各回各家，吃完飯，再撈點囤貨出來繼續玩。

焦遠用零食跟幾個孩子交換了一些爆竹，沒辦法，他就算有零用錢一時也買不到這些東西。這附近沒什麼商店，就算有，鞭炮和爆竹的種類也不多，這就是不方便的地方，買東西得去集市那邊。

和這些孩子們交換爆竹的時候，焦遠特意挑了一些導火線比較長的，到時候回去給小柚子玩，導火線短了他也不放心。焦遠有自知之明，雖然他年紀比那些擦鼻涕的小屁孩大，但論經驗，他可比不上那些小屁孩。

回祖宅的時候，焦媽正在廚房做午飯。廚房是那種老式的灶臺，需要燒柴火的那種，鍋也是大鐵鍋，焦老爺子喜歡用這種；煤爐子現在用來煮滷菜和炸肉丸子、藕夾等，平日裡也不怎麼用，現在過年才燃上。

焦遠拿著一根香，伸進灶裡點燃。

「你點這個幹什麼？」焦媽皺眉。

「放鞭炮。」焦遠答。

「注意點別傷著。還有，別嚇到黑碳。」焦媽擔心道。

「沒事，黑碳一點都不怕，上午一直看著我們玩，牠還知道捂耳朵呢。」焦遠咧著嘴笑，點燃香之後就和小柚子來到祖宅後院玩。

鄉下的好處就是地方大，限制少。

後院裡堆著一座高高的柴火堆，零星種著一些杉樹，地面的雜草、葉子早被焦老爺子清掃乾淨了。

這裡也有一個水缸，不過焦遠可不敢炸自家水缸。之前為了置辦年貨，焦老爺子買了一些魚放在這個水缸裡面，昨天將魚醃製了，水缸清洗了一下，放了點水在裡面擱置在那裡，一時也沒動它。

焦老太太坐在廚房後門那裡炸藕夾，時不時看看後院的兩個孩子，雖然村裡的孩子們經常玩鞭炮，但自家孫子跟村裡那幫渾小子可不一樣，接觸爆竹少，老太太擔心。

鄭歎跳上柴火堆，看著下面。焦遠用一根金屬棍在地面上戳一個小洞，將小爆竹插在裡面，讓它直立著，這樣方便點燃。點燃之後，爆竹發出「啪」的一聲響。

這些都是較小的爆竹，焦遠在自家院子裡也不敢玩大的，第一是危險，二是會嚇到老人。他也就是過過手癮而已。

在自家後院，焦遠和小柚子都放開很多，一人拿著一根香點爆竹玩。

玩了一會兒之後，小柚子看向趴在柴火堆上的鄭歎，道：「黑碳，你玩不玩？」

鄭歎動了動尾巴尖，似乎有那麼點爪子癢。

「喏，黑碳，你也來玩吧。」焦遠踮起腳尖，將手上的香往鄭歎那邊遞了遞。

鄭歎看了看香，扭頭，跳下柴火堆。

小柚子掏出紙巾將香的一頭包住，遞給鄭歎。

——還是小柚子體貼啊！

鄭歎咬住包了紙巾的那根香，往已經放置好的爆竹那裡走去。

焦遠嘴角抽了抽，他家貓這潔癖真夠彆扭的。

點導火線的時候，鄭歎心裡有些緊張，雖然是個威力不大的小爆竹，可他這種經歷太少，有點小激動。等導火線冒火星的時候，鄭歎扭頭就跑。

「啪！」

成功燃爆。

坐在廚房後門處炸藕夾的老太太將炸好的藕夾用漏勺撈起來，瀝油的時候抽空看了看後院裡的情況，恰好就瞧見兒子家很寶貝的那隻黑貓叼著一根香點爆竹的那一幕，頓時手一抖，漏勺裡幾塊藕夾掉出來落地上。

蹲旁邊等著的大黃狗歡騰地甩著尾巴趕緊將地上的藕夾捲進嘴裡，也不嫌燙。

對於兩個孩子帶著貓一起點爆竹的事情，老太太覺得還好是在自家院子裡，只有自家人知道，要是被別人看見，碰上碎嘴的人，估計得惹點麻煩事。

在村子裡，這些動物們聰明就算了，可太過聰明的話，不見得是好事。

之後老太太跟焦爸提了提，焦爸將兩個孩子和鄭歎都叫過去囑咐了一頓。

爆竹是放過了，過過手癮就好，鄭歎也不需要一直去玩那東西，收斂就收斂些唄。

「咦，爸，這狗是不是吃壞肚子了？」焦爸指著院角葡萄藤下面的那一坨說道。

「吃壞肚子？」焦老爺子走過去看了看，「還真是。」

相比起平時的狗屎，葡萄藤下的那一坨稀了很多，可焦爸和焦老爺子看著正蹲在煤爐子旁邊精神抖擻等著「撿漏」的大黃狗，一點也瞧不出這傢伙拉肚子的萎靡感。

「沒事，看這樣子應該是吃東西吃太多太雜了，這幾天辦年貨，這狗跟著吃多了些，別亂給牠吃就行了。」焦老爺子見狀也就不擔心了。

村裡人養狗規矩沒那麼多，貓狗經常跟著人一起吃東西，村民也沒精力去管那樣吃會不會對貓狗有害。事實上，這裡大多數的貓狗都活不到正常壽命，因為抓貓抓狗的人多，或者因為某些原因將狗賣掉，不過貓不怎麼值錢，不想養了也不會管，由著牠自生自滅。總結一句話，貓狗的命賤，沒誰會花工夫管牠們，人都管不了，還去照顧貓狗？相比而言，焦老爺子已經夠好的了。

「要不要將牠拴在旁邊？總蹲在那裡也不好啊。」焦爸說道。

這狗要是蹲在那邊，肯定會有「漏」可以撿，待會兒還要炸肉丸子呢，老太太手再抖一抖，那狗就又高興了。

「拴家裡牠會哼哼唧唧唱半天……放出去玩吧，也不用去找，吃飯的時候自然會回來，村裡的狗很多都這樣。」

「不怕被抓狗的人弄走嗎？」

「大白天的誰來抓狗啊！再說了，來福也不會跑遠，就在村子裡遛遛，都有人看著呢。抓狗的不會這時候來，晚上將狗拴家裡就好，白天不用管牠。」焦老爺子對自家狗很有信心。說著，焦老爺子已經走過去將蹲那裡半步都不想離開的大黃狗硬是推出門，「自個兒玩去！吃飯的時候再回來。」

大黃狗不甘心，還想擠進門，焦老爺子站在門口將門堵得死死的。試了幾次之後，見真的不能擠進去，大黃狗才汪汪叫了兩聲，扭頭踩著小步走了。

「牠不會鬧脾氣吧？」焦爸看著離開的大黃狗，擔心道。

「牠敢？！鬧個屁脾氣！吃飯的時候你就知道了。」焦老爺子擺擺手，「這又不是你們城市裡那些嬌生慣養的貓狗……哦，說起來，我之前聽人說，城裡的一些貓狗都很小心眼，還愛記仇，是不是？你們家黑碳脾氣怎麼樣？」

「……還行吧。」焦爸憋出了這三個字，想了想又道：「反正牠對家裡人都挺好的。」

焦遠和小柚子洗了手在旁邊幫焦媽包餃子，以前他們在家也幫著包過，不至於包得扭曲，至少看上去還是個餃子樣，而不是畸形的麵團。

鄭歎自己閒著無聊，看那隻大黃狗跑出去閒晃，自己也跳出院牆跟了過去——跟著大黃狗閒晃不會迷路。

「不管管那貓？」焦老爺子抬著下巴點了點院牆。

「沒事，牠聰明著呢。」焦爸不擔心。

◆◇◆◇◆◇◆◇◆

鄭歎從院牆上跳下來之後，就跟著前面那條大黃狗走，隔著點距離，也時刻注意著周圍的情況。村裡放養的狗多，不是每條狗都能對一隻貓友好的。

從焦家出來的大黃狗熟門熟路在村裡閒晃，聞著氣味去討吃的，牠知道哪家會給，哪家不會。

動物有時候比人想像的要聰明得多，只是很多時候那點聰明勁會被人們忽視掉而已。

一隻趴在木桶上揣著爪子曬太陽的貓感覺到動靜，只是將眼睛睜開一條縫，也沒跑，等大黃狗走遠之後又合上眼，繼續打盹曬太陽。

看著大黃狗一邊走、一邊收羅吃的，鄭歎還真佩服這傢伙的能耐，臉皮厚還帶點小聰明，這兩點就算放在人身上也肯定是不會挨餓的類型。

正想著，鄭歎突然聽到前面「汪汪汪」的狗叫聲，汪汪聲中還帶著低吼的嗚嗚的警示。這叫聲與大黃狗之前見到焦爸等人的時候不同，帶著明顯的警戒和攻擊意味，這種叫聲只有在面對已確定的危險人物時才會出現。

果然，抬頭看過去，鄭歎就見到那隻大黃狗正對著不遠處的一個人齜牙叫喚。

不遠處的那人，看相貌也還過得去，不至於噁心醜陋，可配上渾身的那股潑皮無賴氣質，給人的印象分就直線下滑到負值。

那人叼著根牙籤抖著腿，見到大黃狗之後也不怕，還嘿嘿笑了兩聲，然後撿起旁邊地面上的半塊磚頭就朝大黃狗砸過去！看那力道，真要被砸到估計骨頭都會斷掉幾根。

好在大黃狗跑得快，磚頭擦著牠背上的毛劃過去，沒被砸傷。

難怪大黃狗對那人的態度極差，還帶著些許忌憚，這人明顯不是個好人。

鄭歎看了看周圍，顯然有人瞧見了這一幕，可他們沒多管閒事。在他們看來，犯不著為了一隻狗去惹這個潑皮。

好在這個牙籤男也沒準備繼續跟大黃狗耗下去，攏了攏披在身上的大衣就仰頭走了，一副跩兮兮的樣子。

大黃狗直到牙籤男走遠才放鬆下來。看牠那模樣，應該是吃過虧的。

「哇——」

突然一陣小孩子的哭聲傳來，鄭歎看過去，是那個牙籤男搶走了一個孩子手中的兩根爆竹，然後自己放著玩了，扔爆竹的時候還扔進了別人的菜園子，將幾棵長得好好的大白菜炸爛。

周圍見到這一幕的人也只是說了兩句，沒有去跟那個牙籤男爭論什麼。

鄭歎扯了扯耳朵，心想：算了，這種閒事還是別管的好，焦爸都說了低調點。

快到吃飯的時候，大黃狗果然很準時的回家了，鄭歎不得不感慨動物的時間觀念真厲害，牠們可不像人能夠看鐘錶、手機上的時間，而且這時候大多數人家裡都還沒有開飯，沒人會告訴牠吃飯時間到了。

大黃狗往回走的時候速度明顯輕快很多，就像焦老爺子說的，鬧脾氣什麼的完全沒有。

鄭歎依舊跟在牠身後不遠處，看著牠跑進祖宅大門，然後沒幾秒立刻飛奔而出，對著門內汪汪汪地吼。

沒管大黃狗，鄭歎直接進了屋，正好看到那個牙籤男將小柚子手上的一個炸魚塊搶走。

——臥槽你這個王八蛋！

鄭歎立刻就火了，要不是看到焦爸走過來，他肯定會上去搧那人幾巴掌。

欺負別家人，鄭歎可以當作沒看見，可欺負自家人，鄭歎就不能忍了。

剛才大黃狗進門之後就直奔後面的廚房，小柚子看到大黃狗回來，知道鄭歎肯定也回來了，便將剛炸好的魚塊夾出來一塊往大門那邊走，準備給鄭歎吃，結果在大堂的時候就被那個牙籤男將魚塊搶走了。

小柚子抿著嘴，瞪著眼前這個她很討厭的陌生人，猶豫著要不要將自己手裡的筷子朝這人扔過去。

焦老爺子見狀也怒了，拿起扁擔將那人趕出去。

那人往外走的時候還一邊嚷嚷：「我只是聽說明生哥他們這些教授一個專案至少都是百八十萬，過來看看百萬富翁而已，您這是幹啥啊？」

「你少胡扯！那錢大多都是國家的錢，用來做研究的錢！你再胡扯我就把你送派出所去！」焦老爺子掄著扁擔朝牙籤男打。

村裡人對輩分看得很重，對牙籤男來說，同輩和小輩的人他可以不在乎，可老一輩的人他不敢亂打，之前就是打了一個老人，被村裡人合夥圍攻過，差點被請進派出所裡。

雖然那個牙籤男被焦老爺子打跑了，但鄭歎心裡的火氣沒平息，琢磨著什麼時候去陰那傢伙一把。不過明天就是大年三十，鄭歎想了想，算了，先不惹事，等過幾天再去找那個牙籤男。

村子裡吃晚飯吃得早，也沒太多娛樂活動，大家都習慣早睡。因為快過年了，大家都忙著，睡覺時間才推遲了一些。

聽說有家人養的母豬生小豬崽了，焦老爺子準備過去瞧瞧。焦遠想去，焦老爺子便將他帶著了，小柚子待在房間裡和焦媽一起看電視，沒去看熱鬧。

鄭歎倒是好奇，便跟著跑了過去。

焦老爺子走的是屋後的一條近路，鄭歎跟在後面走了一段路程，突然停下來，動動耳朵，側頭，循著聲音的方向走了走，便看到那個搶小柚子魚塊的牙籤男站在那裡，一手夾著菸，一手拿著手機，正在打電話，炫耀今天從集市偷的一盒魚雷，試著放了兩個，威力還不錯，準備明天抬點價賣給村裡的小孩。

「好了，不跟你說了，老子先拉泡屎。」

牙籤男掛掉手機，手指夾著菸狠狠地吸了一口之後，隨手將菸蒂往遠處一甩，哼著小曲走進茅房。

鄭歎瞇了瞇眼，尾巴尖動了兩下，然後往那邊過去。

相比起看母豬生豬崽，鄭歎更願意抓住這次機會整整這個牙籤男。

鄭歎跑進牙籤男的家，根據剛才牙籤男講電話的時候說的，在他的房間裡找到了一盒魚雷，中等型號的款式。鄭歎小心打開盒子從裡面拿出兩個，關上盒子，再跑去牙籤男他家茅房那邊。

天已經黑了，這時候也沒人看到一隻正直立行走的貓，牙籤男家裡人都窩在另一個有電視的房間裡，壓根沒人注意到家裡進了一隻貓。

村裡一般人家的廁所都是磚瓦牆圍成的那種茅房，建在自家靠後門的地方或者後院，有一個大坑作為蓄便池。蓄便池有一部分是在茅房牆外面的，方面村民們舀糞去菜地施肥，同時，這也方便了鄭歎的報復行動。

被牙籤男隨手扔在外面的菸蒂在夜風吹拂中閃動著火光，鄭歎撿起菸蒂，悄聲接近茅房。

鄭歎回想了一下那些熊孩子燃放魚雷的樣子，他點燃導火線，往牙籤男蹲著的茅坑裡一扔，轉身就飛快離開。他還記得炸水缸的那孩子身上濺著的臭水，不跑遠點不放心。

等鄭歎跑出一定距離並躲在高高的柴火堆後面的時候，茅房那邊發出砰的一聲響！

不得不說，那個魚雷的威力確實不錯，效果也相當理想。

鄭歎聽到很多液體飛濺的聲音，以及在這個夜晚顯得格外突兀和尖銳的叫喊咒罵聲。

臭氣四散，牙籤男連褲子都沒完全拉起來就衝出茅房，跑兩步被褲子絆了一跤，在地上打了個滾，又沾上掉地面上的一些糞坑物，帶著一身屎衝進屋裡。

那魚雷炸糞坑的影響範圍太大，連柴火堆上都被濺到一些，鄭歎慶幸自己以柴火堆當擋箭牌，所以沒中招，牙籤男他家院子裡的樹都被濺上了。而讓鄭歎佩服的是，這茅房還挺堅固的，沒看到哪裡有明顯的炸裂。當然，也可能有炸裂，是他自己看不見而已。

雖然鄭歎很想再看一看那個牙籤男的慘狀，但臭氣太濃，他聞著就想吐，一秒都不想繼續待在這裡。這邊的響動已經驚擾了一些人，牙籤男家裡已經開始鬧哄哄的了。

鄭歎趕緊離開牙籤男家的後院，走的時候還得避開一下那些帶著臭氣的地方。

住在周圍的村民聽到爆炸聲之後原本也沒放在心上，只以為誰家的熊孩子又在炸水坑之類的，誰知道響聲之後就是叫罵聲，剛打開門想看個究竟，晚風撲面而來，帶來了那股茅房風味的氣息……

鄭歎從牙籤男的盒子裡拿了兩個魚雷，炸了一個，剩下的一個鄭歎藏在一片瓦塊下面，不掀開那片瓦塊是看不到的，而且也沒人會閒著沒事去掀院子角落裡的破瓦片。如果以後再看到那個牙籤男招惹自家的人，到時候就能再用上。

鄭歎回到祖宅後院的時候，還感覺自己身上有股茅廁味，不知道是心理因素，還是臭氣未散。為了保險起見，鄭歎在外面的柴火堆上蹲了一會兒。

蹲在柴火堆上的時候，鄭歎看到了那隻三條腿的玳瑁貓，那傢伙正叼著一隻肥大的老鼠，輕快的從祖宅後院旁跑過。

三條腿都比一些貓行動得迅速，難道玳瑁貓都這麼猛？

鄭歎抖了抖耳朵，不管怎樣，他挺佩服那隻三腿貓的。

大概二十分鐘後，焦老爺子帶著焦遠回來，鄭歎才跟著他們一起進屋。

焦老爺子和焦遠身上都帶著點豬圈的氣味，所以即便是鄭歎身上真的有點茅廁味，也不會很明顯，反正帶著帶臭氣的又不止他一個。

大黃狗在焦老爺子和焦遠身邊嗅了嗅，打了個噴嚏，然後在鄭歎旁邊嗅了嗅，還想伸出舌頭舔，被鄭歎摑了幾巴掌，乖乖跑到老太太旁邊蹲著去了。

焦家的人並沒有刻意去注意鄭歎的動向，留家裡的人以為他跟著焦老爺子出去在外面閒晃，焦老爺子和焦遠又以為他一直留在後院，所以並沒有覺得鄭歎有什麼異常行為。

當晚，鄭歎扒著小木桶讓焦媽燒了洗澡水好好洗了個澡，不然他自己總覺得怪怪的，被窩都不好意思鑽。

◆◇◆◇◆◇◆◇◆

第二天，也就是大年三十當日。

一大早，焦家的四個大人就都起床忙活了，鄭歎也從被窩裡鑽出來，去廚房吃早飯。焦爸他們已經吃過了，鄭歎獨自一個蹲在一張椅子上吃焦媽幫他準備的早飯。

一邊吃，鄭歎一邊聽著焦老爺子和焦爸的談話。

「我就說吧，我這隻狗的身體好著呢，沒那麼嬌貴，出去溜一圈精神抖擻的。」焦家老爺子指著院子裡對著一個不知道從哪裡叼來的塑膠玩具小黃鴨左蹦右跳的大黃狗說道。

「不給牠早飯嗎？」焦爸問。

「早飯？不用，又不是你家那貓，誰還一日三餐呢？！」

說完狗的事情，焦老爺子咧著嘴跟焦爸說了說牙籤男的事情。今天一大早，村裡很多人都知道了牙籤男拉屎被人陰了的事情，而且到現在為止還不知道是誰下的手。據牙籤男自己的回憶，他沒聽到有人開他家後院的門，全程就只聽到點燃爆竹時細微的滋滋聲，這還是苦苦回憶之後想到的，其他的一概不知。

除此之外，牙籤男新買沒多久的手機也遭殃了，那時候一驚嚇，手裡的彩色螢幕翻蓋的新手機就掉糞坑裡去了，很不好撈出來，就算撈出來也不能用，也沒誰會再用。

牙籤男氣得肝疼，一晚上沒睡著，嘴巴都沒停著，一直罵人罵到天亮。

村裡一些人私下裡幸災樂禍的不少，牙籤男招惹的仇恨值太多，沒幾個人同情他，尤其是他那個手機，買手機的錢來路不正，買了手機之後整天在人前炫耀，跩得跟二五八萬似的，拿個手機就以為自己是有錢人了。

由於是大年三十，下午村裡就開始陸續放鞭炮了。

下午焦老爺子和焦爸都囑咐過他們，別跑出去，今天到處都要放鞭炮、放爆竹，炸著人就不好了，很危險的，尤其是像焦遠和小柚子，對這邊都不太瞭解，容易出事。索性焦爸讓他們都待在家裡。

鄭歎看著他們忙碌著搬桌子、放燭臺和香爐等。吃年夜飯還要點蠟燭和香，有些還要燒紙。以前是傳說，祖輩傳下來的傳統，求神靈保佑，祈福祈財祈壽；現在是習俗，讓人們在心靈上有個寄託罷了。最近這些年雖然很多人都遵循著習俗，但也不是什麼都非得按照舊禮來辦事。

焦爸原本準備將岳父岳母二老接過來一起過年的，不過顧老爹拒絕了。

焦威送過來幾個爆竹，都是他和村裡一些同齡人自己捲的，紅紙的那個大的跟焦遠的胳膊一樣粗，鄭歎看著有些心顫。另外兩個用其他紙捲的，小一些，是給焦遠玩的。

在這裡他們管這種大的爆竹叫「春雷」，吃年夜飯的時候放。

之前鄭歎還覺得村裡放鞭炮的人太多，可是到吃年夜飯那時候，才知道自己先前看到的都是小意思。

焦遠幫焦爸將買來的鞭炮搬出去，拆開整理後擺在祖宅前面的空地上。開飯之前，焦爸拿著香點燃。

「快快！門掩上些，都進來了！」

焦爸跑進屋將門掩著，外面鞭炮炸響的時候，那些碎屑炸得到處都是，門不掩著點，那些碎屑能飛進屋裡來。

鄭歎蹲在窗臺，看著外面劈里啪啦響的鞭炮，以及隨著鞭炮騰起的煙霧。這要是城市裡每家每戶都燃放鞭炮的話，估計得「霧霾」好久。

至於大黃狗，早就蹲在飯桌旁邊等著了，鞭炮什麼的，關牠屁事。

鞭炮放完之後，焦爸拿著焦威給的那個春雷走出去燃放，相比起剛才的鞭炮，這次放置的位子離祖宅更遠了些。

「砰！」

巨大的爆炸聲讓鄭歎感覺整個地面都在震動，窗子都發出登登的響聲。

外面，鞭炮加那個大爆竹爆炸產生的碎片，將地面鋪上了一層紅色。

吃年夜飯，放煙花爆竹，兩個孩子興奮到很晚才去睡覺。

晚上十一點左右的時候，放鞭炮和煙花爆竹的人已經很少了，小孩子們熬不住已經睡下，夜裡安靜了很多。

鄭歎今晚有些失眠，感覺並沒有想什麼事情，就是睡不著。

這是他過的第一個熱熱鬧鬧的年。去年這時候在東教職員社區，城裡限制多，也只有焦家四口人，沒這邊這麼吵鬧。

過年，果然還是要熱鬧一點的好。

鄭歎剛想到這裡，就聽到外面劈里啪啦開始放鞭炮，而且放的人越來越多。零點後放鞭炮，這是這邊的風俗。動動耳朵，鄭歎聽到焦爸的聲音，沒過多久就聽到祖宅前面鞭炮響起的聲音，睡得再死也會被吵醒。

聽到這些聲音，鄭歎又不禁嘆氣。其實，太熱鬧了也不是那麼好。

由於睡得晚，初一早上鄭歎賴床賴了一會兒，小柚子也沒起來，她一晚上的睡眠品質也不怎麼樣。鄭歎起來的時候，看到剛從外面回來的焦爸和焦遠等人。大年初一一大早，依據家鄉習俗要去掃墓，於是焦遠老早就被叫起床帶出門，回來的時候還在打哈欠。

作為孩子，是有壓歲錢的。焦遠和小柚子收到了焦老爺子和老太太給的紅包，焦威他爸媽過來過，也塞給了焦遠和小柚子一人一個。

作為一隻貓，壓歲錢本來是沒有的，可鄭歎早上一起來就收到了焦爸和焦媽給的兩個紅包，拆開一看，魚片和豬肉脯……

初一沒鄭歎什麼事，他基本上都趴在焦老爺子做的貓跳臺上補眠。

初二的時候，焦爸四口人加鄭歎開車去了顧老爹家，也就是焦遠的外公家。焦家與顧家隔得不算太遠，開車半小時就能到。

◆◇◆◇◆◇◆◇◆

大家在顧家玩了幾天，又回來焦家祖宅這邊。

聽說這幾天牙籤男挺老實，有人猜測他是因為惹到誰然後被陰了，這段時間一直沒怎麼出門。牙籤男會這樣，害怕被再次報復是其一，面子問題是其二，畢竟現在村子裡沒幾個人不知道牙籤男拉屎的時候糞坑被炸的事情了。

走親訪友之類的與鄭歎無關，他看著大黃狗牠們到處跑著玩，自己也閒不住了，吃了晚飯之後就出去閒晃。

在祖宅的這段時間，鄭歎對周圍也熟悉了些，能自己獨自閒晃了。

走在田野裡，身後的祖宅變得越來越小。在前面，延伸至遠方的田野裡，臥著幾座墳，有些周圍都是燃放鞭炮後的碎片和燃過的香紙，顯然有人來過，而且人數還並不少；可是有些依舊雜草叢叢，連一根香都沒有，沒人打掃，沒人拜祭。

鄭歎一邊往前走，一邊注意周圍的情況，突然看到從不遠處朝田野這邊過來了幾個人。

——咦，那不是BMW裡面的那幾個人嘛？

那邊一行幾人走到幾座墳頭旁，插香、燒紙、放鞭炮、跪拜……鄭歎看著他們完成那一連串的動作。去顧家祖宅那邊的時候，他跟著焦遠和小柚子上過墳。

那邊上墳的人往回走的時候，鄭歎也準備離開，可是沒想到被一個小屁孩看到。

一行人中，那個小屁孩見到鄭歎之後就顯得特別高興，估計跟著父母、爺爺來這邊上墳有點乏味了，畢竟以他的年紀根本不能理解長輩們上墳的心情，好不容易看到一隻貓，他就興奮了，跑著朝這邊過來。

可是，沒等他跑多遠就被腳下的大土塊絆倒了，摔倒的時候手上的一個小玩意兒拋飛向鄭歎這邊。

小孩的母親趕緊上前將他扶起，替他拍了拍身上的汙跡。

「大公雞沒有了。」小孩沒哭，可是看上去很沮喪，還揚了揚空空的手掌給媽媽看。

——大公雞？

鄭歎看了看剛才拋飛過來的東西，那是一個Q版的土豪金小雞玩具，像鑰匙圈吊飾那種。

從鄭歎這邊到小孩那邊，中間隔著一條水溝，水溝還挺寬，大概有一點五公尺的樣子，水溝裡面的水倒是沒多少，可泥多，水溝旁邊還長有一些枯草叢，比較礙事。如果是個運動能力強的年輕人，跨過這條水溝肯定是比較容易，可現在這群人中沒有看上去運動能力強的，跟焦爸說過話的那個中年人穿著價值不菲的正裝與皮鞋，很不方便，而且感覺得出來那個中年人也沒準備立刻跨過來。

「往前走，從那邊能夠過去，去了再繞回來撿。」那個中年人說道。

小孩沒管他爹的話，推開母親的手，指著水溝對面的鄭歎叫道：「貓貓！」

「對，那是貓貓。」小孩的母親以為孩子只是在辨認事物，誇讚道。

「貓貓！」

「是，一隻大黑貓。」小孩母親拍了拍他褲子上的灰塵，準備牽著他離開。

再次甩開母親的手，小孩指著水溝對面的鄭歎，叫道：「貓貓扔過來～讓貓貓扔過來～」

「貓貓扔不了，待會兒讓爸爸幫你撿過來好不好？」小孩母親耐心地解釋。

「讓貓貓扔～」

「貓貓不能扔……」

小孩母親一個「扔」字還沒說完，就聽到啪的一聲輕響。在陽光下反射金光的那隻Q版小公雞就掉她旁邊的地上了。

小孩母親：「……」

小孩倒是沒他母親那麼多的糾結情緒，開心的將地上那隻金雞撿了起來，試了試上面的一個按鈕，金雞立刻發出公雞打鳴的叫聲。沒壞，是好的。於是小孩咧著嘴，笑得相當開心。

剛才鄭歎原本是沒打算理會他們的，可見到小孩那樣子，想了想，還是將那個金雞玩具撈來身邊，爪子一勾就甩過去了。扔個小玩意兒也不算太高調吧？

鄭歎甩了甩尾巴，看也沒再看他們一眼就離開了。

「那隻貓……是不是高速公路上我們看到的那家人養的？」老頭看著跑遠的黑貓，疑惑道。

「不是吧？這裡養貓的人多，而且現在人思想開放了，這種黑貓也不少，甚至有些人還覺得這種黑貓吉利，特地去買這種純黑的貓呢。」小孩的母親說道。

雖然感覺有點怪異，但老頭和那個中年人也沒再多說這個話題。

按照焦爸的打算，留在祖宅這裡過完十五了再回楚華市，而那位老婆婆有言在先，所以正月十五那天，焦爸帶著鄭歎去找她。

還隔著點距離時，鄭歎就聽到那個老婆婆住的地方傳來拉二胡的聲音。

鄭歎不懂得音樂欣賞，也不怎麼喜歡聽二胡，可這時候聽著這聲音，總感覺有種說不清、道不盡的滄桑感。

等焦爸推開籬笆門走進院子裡，鄭歎看到老婆婆坐在屋內靠門的椅子上正拉著二胡。都這把年紀了，沒想到二胡還能拉得這麼流暢，如果不是親眼見到，鄭歎肯定會認為是這老太婆請了個人過來拉。

焦爸也沒打斷老婆婆拉二胡，逕自先找了個地方坐下。

鄭歎看了看周圍，那隻三條腿的玳瑁貓趴在屋內的一張木椅子上，相比起鄭歎第一次見到牠的時候胖了一圈，瞇著眼睛在那裡像是在打盹，可耳朵卻隨著二胡的音調一抖一抖的。屋內的案臺上堆了很多拜年的禮品，看來這過年期間來看望老婆婆的人不少。

一曲拉完，老婆婆將二胡放到一旁，對焦爸道：「來了。」

「嗯，打算明天一大早就離開，所以今天來您這裡一趟。」焦爸說道。

老婆婆也不多說，視線轉向鄭歎，看得鄭歎心裡又開始毛毛的。

「黑貓啊，你過來一下。」老婆婆朝鄭歎招了招手。

鄭歎猶豫，看了看焦爸，又看看眼前這個老太婆，扯了扯耳朵，心想：算了，過去就過去，反正焦爸在這裡，這老太婆應該不會做出什麼人神共憤的事情來。

等鄭歎走近，老婆婆拍了拍自己的腿，示意鄭歎跳上去。

這次鄭歎沒想太久，頓了下就跳到她腿上。

老婆婆將手伸進口袋，掏啊掏，掏出一個玉石吊墜，上面還有篆書寫的字，鄭歎只認識其中一個「陽」字，而且還不敢百分百肯定那到底是不是「陽」。篆書他可沒學過，只是巧合下看過一些而已，大多數都不記得。

吊墜的掛繩重新改過，編織成一個小環，剛好能夠套到鄭歎的脖子上。

套好之後，老婆婆看向焦爸，說道：「讓牠幫我保存一下這個東西可好？」

鄭歎再次扯了扯耳朵：您這套都套了，現在才詢問意見有個屁用啊？

焦爸不解。這玉石看著就算沒有幾十萬，也肯定不是幾千、幾百塊錢的東西可以比的。可是，這麼重要的東西阿婆給一隻貓是什麼意思？不瞭解的人肯定會認為這人一定瘋了。

「我只是讓你們幫忙保存一下，如果有一天，你們看到一個戴著跟這玉牌一樣的人，就跟我說一聲。老婆子我最大的心願就是在走之前見一見親人，可惜，我連他們還在不在都不知道。」

老婆婆嘆了嘆氣，忽然想起什麼似的，對焦爸道：「這個忙你能幫吧？」

焦爸：「……」您這玉牌也套了，話也說了，到現在才問我這個忙幫不幫？

「幫，這忙肯定幫。」焦爸點頭，又道：「可是，您這麼珍貴的玉牌，放我家貓身上似乎不妥，我家貓喜歡到處跑，要是一不小心弄丟了怎麼辦？」

「這樣啊……」老婆婆將套在鄭歎脖子上的玉牌拿下來，遞給焦爸，「那你先幫忙收著，明年這時候再給我就行。」

鄭歎、焦爸：「……」

總感覺這老太婆做事情不可靠啊，莫名其妙的。

「可是阿婆，我今年要出國，明年這時候也回不來。」焦爸解釋道。

「那就往後推。你不會定居國外不回來了吧？」阿婆一臉緊張地問。

「不會。」焦爸肯定道。可是他不確定再次回來的時候，眼前的老婆婆還在不在，畢竟據村子裡一些老人的說法，老婆婆的年紀已經相當大了。

「那就行。」老婆婆一擺手，見焦爸欲言又止的樣子，道：「放心，多的不說，三年，老婆子我還是能活的。」

被說中心裡所想的焦爸不好意思地咳了一聲，靜靜聽著老婆婆接下來的話。

老婆婆四十幾年前來到這個村子裡，聽說是逃難來的，那時候全國大部分的地方都很艱難困苦，她一個人在村子找了個地方住下，養好病之後，就一直住在村子裡了。

「早些年試了很多法子，可惜一直沒能找到，有段時間甚至不抱希望了，唉……找不到人的話，對我來說，這玉牌也就沒價值了。」老婆婆嘆道。

鄭歎心裡嘀咕：既然不抱希望了，又為什麼找上自己和焦家的人？都四十多年了，誰還記得妳？而且，這老太婆不是個神婆嗎？就不能自己算算？

想著，鄭歎朝老婆婆那邊瞟了一眼，正好和對方看過來的那意味深長的眼神對上。頓時鄭歎心裡一凜：天啊這老太婆是不是能看清貓心裡在想什麼？

有人說，這人啊，年紀大了，要麼越活越糊塗，要麼越活越精明。鄭歎的感覺就是眼前這老太婆揣著明白裝糊塗。

焦爸在想事情，沒有注意到鄭歎的小動作，他說道：「這年頭網路也逐漸興起了，可以藉助很多管道來找人的。」

老婆婆擺了擺手，「算了，找不到那也是命，求不得的了。」

鄭歎耐著性子聽那老太婆嘮叨了一通，才和焦爸走出院子。那老太婆果然很能扯，一旦扯起來就能夠在不經意間偏題，然後再不經意間繞回來。

該怎麼對待那個老太婆給的玉牌，鄭歎懶得去管，交給焦爸了，他現在只是一隻貓，吃飽睡好沒事溜個彎就行。

◆◇◆◇◆◇◆◇◆

正月十六一大早，焦家四人一貓便開車從村子駛出。

沒行駛多久，就看到那輛熟悉的ＢＭＷ從岔路口那裡出現。

原本焦爸沒打算停下來打招呼，可沒想到前面通往寬闊大馬路的地方居然塞車，這次兩輛車挨著停住，車窗打開。

「又見面了。」

「是啊，真是緣分。」

焦爸笑著跟對方打招呼，接過對方主動遞來的名片。

鄭軒，南華市某公司總經理。

如果說上墳那次只是懷疑的話，這次鄭軒確定了此刻正從車窗淡定看著自己的這隻黑貓，就是他們上墳遇到的那隻。

鄭軒這人信緣分，卻不輕易相信緣分，商人的多疑和謹慎讓他不得不這樣。可只要覺得這緣分確實存在，那態度就不一樣了。

「我公司現在就在南華市，什麼時候你們過去玩，可以聯絡我，這上面是我私人號碼。」

旁邊車裡，鄭軒笑得很是親和，正式介紹了下自己，順便簡要說兩句自家祖宅和村裡的事情。

焦爸也自我介紹一下，這樣大家算是認識了。不過焦爸沒名片，便交換了電話號碼。

焦爸四月份的時候要出國，這次交換號碼也不知道什麼時候才能聯絡，大家心裡明白，不過交換電話號碼也算是一個關係的進步，說起來畢竟是老鄉，說不定什麼時候就需要合作了呢。

鄭歎在後座上聽著他們的談話，因為對方跟自己同姓，鄭歎也多注意了一下，也恰好看到對面鄭軒看過來的眼神。從對方的眼神裡，鄭歎就知道對方認出了自己，而且旁邊半開的車窗，小屁孩還朝他揮動著手上那隻金光閃閃的土豪雞，鄭歎沒理他。再說了，這之後大家各奔各方，不過南華市……還有南城，自己這輩子還能再去嗎？

私心來講，鄭歎是希望能夠再回去看看的，可現在各種無奈，焦爸一出國，生活在東教職員社區餘下的焦家三口人基本上就不會遠行了。總之，至少接下來的一年是不可能再去的。

通車之後，兩輛車的行車路線依舊重合了一部分，直到高速公路上某路段才分開。這點小插曲，焦家人和鄭歎其實並沒有放在心上，世事變化得太快，誰也說不準有沒有機會再見，只能說有緣再會，沒緣那就不強求了。

《回到過去變成貓04今天開始當運動喵！》完

敬請期待更精采的《回到過去變成貓05》

獻給身為貓奴的人類，一部輕鬆、有趣，且帶有現實與魔幻的——
NekoiF-ILLUS
都市貓
Hada de la ciduad
Novel-微風婕蘭
一個平凡的夏日午後，一隻突然出現的虎斑貓，對著我
「喂！你三天之後就會死
接著，我眼中的世界變得不一樣
鐮鼬、鳥身女妖、哥布林、史萊姆相繼出現
原來這個世界竟然真的有妖精存
全四集全國各大書店、租書店、網路書店持續熱賣中
01死亡三日倒數計時
02夢想・混亂・上班族
03貓拳對狗掌之誰是守門人
04愛情與記憶的迷宮(END)
★更多詳細內容請搜尋★
不思議工作室_
立即搜尋
典藏閣
采舍國際
www.silkbook.com
版權所有© Copyright 20

天罪 NOVEL
夜風 ILLUST
打工勇者
輕小說黃金組合，天罪＆夜風再度攜手！
「請問，你想不想當勇者？」
打工少年莫浩然突然被異界法師召喚，
為了拯救被困的大法師，少年踏上了勇者之路。
沒料想一到了異界，少年就成了不男不女的少女（咦？）
傑洛：不是少女，你只是沒有小雞雞！
前所未有的異世界冒險物語，就此上演！
羊角
典藏閣
華文聯合出版平台 www.book4u.com.tw
采舍國際 www.silkbook.com
不思議工作室_
立即搜尋
版權所有© Copyright 2015

不可以用超能力談戀愛
Yes?No? Don't Use Superpower!
南門桔子
ILLUST Flyking
不可以用超能力談戀愛 01 Yes?No? Don't Use Superpower!
02
賭上戀愛遊戲之神的戰爭即將開始！
全套2集，全國各大書店、網路書店、租書店，持續熱
全套2集，一起來攻略超能力美少女！
典藏閣
華文聯合出版平台 www.book4u.com.tw
采舍國際 www.silkbook.com
不思議工作室
立即搜尋
版權所有© Copyright 20

羊角系列 019

回到過去變成貓 04

今天開始做運動喵！

出版者■典藏閣
作　者■陳詞懶調　　繪　者■PieroRabu　　拉頁畫者■生鮮P、高橋麵包
授權方■上海玄霆娛樂信息科技有限公司（起點中文網 www.qidian.com）
總編輯■歐綾纖
製作團隊■不思議工作室

郵撥帳號■50017206 采舍國際有限公司（郵撥購買，請另付一成郵資）
台灣出版中心■新北市中和區中山路 2 段 366 巷 10 號 10 樓
電　話■(02) 2248-7896　　傳　真■(02) 2248-7758
物流中心■新北市中和區中山路 2 段 366 巷 10 號 3 樓
電　話■(02) 8245-8786　　傳　真■(02) 8245-8718
ＩＳＢＮ■978-986-271-678-6
出版日期■2016 年 4 月

全球華文國際市場總代理／采舍國際
地　址■新北市中和區中山路 2 段 366 巷 10 號 3 樓
電　話■(02) 8245-8786　　傳　真■(02) 8245-8718

新絲路網路書店
地　址■新北市中和區中山路 2 段 366 巷 10 號 10 樓
網　址■www.silkbook.com
電　話■(02) 8245-9896
傳　真■(02) 8245-8819

☞您在什麼地方購買本書？☜

1. 便利商店（ ________市／縣）：□7-11　□全家　□萊爾富　□其他________

2. 網路書店：□新絲路　□博客來　□金石堂　□其他________

3. 書店（ ________市／縣）：□金石堂　□蛙蛙書店　□安利美特animate　□其他____

姓名：________地址：________

聯絡電話：________　電子郵箱：________

您的性別：□男　□女　　您的生日：西元________年________月________日

（請務必填妥基本資料，以利贈品寄送）

您的職業：□上班族　□學生　□服務業　□軍警公教　□資訊業　□娛樂相關產業

□自由業　□其他________

您的學歷：□高中（含高中以下）　□專科、大學　□研究所以上

☞購買前☜

您從何處得知本書：□逛書店　□網路廣告（網站：________）　□親友介紹

（可複選）　□出版書訊　□銷售人員推薦　□其他________

本書吸引您的原因：□書名很好　□封面精美　□書腰文字　□封底文字　□欣賞作家

（可複選）　□喜歡畫家　□價格合理　□題材有趣　□廣告印象深刻

□其他________

☞購買後☜

您滿意的部份：□書名　□封面　□故事內容　□版面編排　□價格　□贈品

（可複選）　□其他

不滿意的部份：□書名　□封面　□故事內容　□版面編排　□價格　□贈品

（可複選）　□其他

您對本書以及典藏閣的建議________

____

____

✌未來您是否願意收到相關書訊？□是　□否

感謝您寶貴的意見

印刷品

$3.5
請貼
3.5元
郵票
不思議信箱
FUSIGI POST

235 新北市中和區中山路二段366巷10號10樓
華文網出版集團 收
（典藏閣－不思議工作室）

陳詞懶調×PieroRabu

回到過去變成貓
BACK TO THE PAST
TO BECOME A CAT NO.4